RISCONTRI CRIME

1

L'assassino dietro l'angolo

Racconti immaginari di crimini desiderati

a cura di

Carlo Crescitelli

Revisione del testo a cura di

Lorena Caccamo
sito: servizieditorialiloreca.wordpress.com
email: loreservizieditoriali@gmail.com

INDICE

Tentativo di introduzione:
ovvero, di a che cosa
andremo ora incontro

Si fa presto, a dire *crime*.

E in effetti si fa così presto proprio perché una vera definizione del concetto non c'è. In italiano, intendo. Altre etichette straniere, invece, quante ne volete: *thriller, noir, hard boiled* etc...

Così, mentre amatori, esperti e puristi si scagliano e si scannano a vicenda nell'ennesimo distinguo teso a ben delimitare questo o quel sottogenere, a noi comuni mortali non restano che le due buffe, insufficienti allo scopo paroline della nostra lingua: "giallo" e "poliziesco". Che naturalmente non fanno al caso né l'una né l'altra. "Giallo", diciamocela tutta, è vetusta, da veri matusa, trovatemi un non *boomer* che la usi; quanto poi a "poliziesco"... e se la polizia non c'è? E allora, ancora una volta la proverbiale sintesi dell'inglese ci aiuta: se non altro, a farci un'idea. "Crime", crimine: obiettivo, indubitabile, incontrovertibile.

Crimini. È appunto di quelli che state per leggere.

Crimini programmati o imprevisti, messi in atto o sventati, vissuti in ribellione o rassegnazione, ma pur sempre e comunque fortemente voluti. Perché intanto è soprattutto di questo che si tratta: degli abissi dell'animo umano (sì, proprio quelli richiamati dalla colorata quanto incompleta espressione *noir*). E con altri due corollari interessanti, per giunta: ironia e sarcasmo. Che assai spesso pervadono i racconti qui presentati e raccolti, come a voler mettere in atto un qualche esorcismo terapeutico. Perché col sangue non si dovrebbe mai scherzare; e quindi farlo ugualmente può magari servire ad allontanarne in qualche modo la minaccia.

Altro non riesco a spiegarvi, tanto vale leggere. E leggerete storie dalle ispirazioni e dalle atmosfere differenti, tante quante sono stati i riferimenti letterari o viscerali che hanno di volta in volta influenzato i nostri bravi autori. E autrici, che poi sono le penne più taglienti, ça *va sans dire*. Chi ha scelto di ripercorrere i grandi classici dei secoli scorsi, come Pietro Rainero in *Nero Wolfe e le api*, e Vittorio Martucci in *Un caso di dying message*. E chi, di contro, ha invece sposato l'hard boiled più cattivo, come Miriam Schiavina ne *La rapina*. O piuttosto la spy story alla James Bond: come Gabriele Levantini ne *L'ultima fermata*. Il tutto frammisto ad un paio di crude vicende di marginalità e violenza (*Sia fatta la Sua volontà* di Luigi Giampetraglia), a un'altra tetra *descente aux enfers* (*Amore deviato* di Stefania Bardani) e a due inquietanti spaccati di quotidiano (*La cartomante* di Miriam Schiavina e *La casa dei sogni* di Luca Giovanni Caneva). Chiude in bellezza Nunzio Ciullo con il poco incasellabile *Sei ore prima dell'esecuzione*, di cui altro qui non dirò, per non influenzarne troppo la chiave di lettura.

Come del resto non posso qui dirvi altro sulle tecniche di omicidio ricorrenti. Ce n'è una ad esempio, che torna a ripresentarsi in modo preoccupante da una storia all'altra, anche in contesti tra loro molto lontani: pulita, silenziosa, letale. Fossi in voi, ci penserei su, forse è il caso di prestare maggiore attenzione per il futuro, far seriamente mente locale a ipotesi del genere; frattanto, buona lettura e... sempre in guardia, occhi aperti, l'assassino è lì dietro l'angolo!

Carlo Crescitelli

La rapina

di Miriam Schiavina

– Sì, sono tutti molto belli, ma io vorrei qualcosa di più particolare.

Dietro gli occhiali scuri, Angelica spostava lo sguardo da uno all'altro dei collier d'oro. Luccicavano come stelle estive sul velluto blu che il gioielliere aveva pomposamente dispiegato sul bancone.

– Allora occorre andare su qualcosa di più impegnativo, signorina – rispose l'orefice sistemandosi gli occhialini sulla punta del naso. – Intendo a livello di prezzi – aggiunse cauto.

– Il prezzo non è un problema.

Dal viso tondo dell'omino trapelò un sorriso compiaciuto, che lui si affrettò a dissimulare. Raggiunse la cassaforte sul fondo del negozio e cominciò ad armeggiare con i pomelli di apertura. Angelica ne approfittò per controllare, attraverso le vetrine, la strada davanti al negozio. Nessun passante, nessuna macchina. Bene. I trentasei gradi di quel mezzogiorno di fine luglio erano una garanzia di discrezione.

Il gioielliere posò davanti a lei un vassoio su cui erano allineati una decina di collier. Al luccichio dell'oro, questi univano lo splendore colorato delle pietre: il verde profondo degli smeraldi, il delicato azzurro degli zaffiri, la forza sanguigna dei rubini.

– Qui dipende molto dal gusto personale – cominciò a spiegare l'orefice. – E ovviamente anche dalle caratteristiche fisiche. A lei che è bionda, se mi permette, consiglierei gli smeraldi. – Sollevò un girocollo d'oro bianco su cui erano allineate alcune piccole pietre tonde, dello stesso colore di un muscoso sottobosco. – Non si addicono a tutti ma con il suo incarnato sarebbero perfetti. Vuole provarlo?

Angelica fissò il gioiello con attenzione ma non sollevò le mani per prenderlo.

– No – disse scuotendo leggermente la testa. – Il colore non mi convince, non va su tutto. Di diamanti non ne ha?

L'omino restò spiazzato per un attimo, poi fece un gran sorriso e tornò quasi di corsa alla cassaforte.

– Ecco qui, questi sono i nostri pezzi migliori – annunciò, presentandole un vassoio su cui brillavano di luce vitrea due splendidi girocolli. – Questo ha dodici brillanti – cominciò con evidente orgoglio indicando il primo gioiello. – Mentre quest'altro è un vero capolavoro: oro bianco con un solo diamante, tagliato a goccia, di venti carati.

Angelica fissò quella meraviglia che sembrava attrarre tutta la luce del piccolo locale, per poi rilasciarla centuplicata e sfaccettata, come in un caleidoscopio. Sollevò finalmente una mano, avvolta in un raffinato guanto di pelle chiara, e toccò la gemma con estrema cautela, neanche fosse una farfalla in procinto di volare via. Senza distogliere lo sguardo, si sfilò dalla spalla i manici della shopping-bag e fece per afferrare qualcosa all'interno.

Il trillo sgarbato del campanello la fece sussultare. Voltandosi, vide un ragazzo in piedi fuori dalla porta del negozio, che sventolava nervosamente una busta. In testa aveva un piccolo casco semintegrale e addosso portava la pettorina gialla dei pony express. L'orefice borbottò qualche parola di scusa e andò ad aprire. Lei tornò a concentrarsi sul magnifico collier a goccia, che sembrava la stesse chiamando.

Un improvviso schianto la fece nuovamente trasalire. Si girò spaventata, il cuore che incespicava, giusto in tempo per vedere il ragazzo che balzava addosso al gioielliere. L'uomo, preso alla sprovvista, perse l'equilibrio e si schiantò malamente a terra, con un grido di dolore.

– Fermi! – gridò il giovane. Angelica vide con orrore che aveva in mano una pistola. Un'onda ghiacciata di panico la travolse, prosciugandole la volontà. D'istinto gridò, ma non riconobbe come sua quella voce stridula.

– Sta' zitta! – abbaiò il giovane, fuori di sé. Con un passo le fu davanti, alzò la mano libera e le assestò uno schiaffo. Gli occhiali da sole volarono via e lei cadde all'indietro con un gemito.

– T'ammazzo, hai capito? – Il ragazzo le si avvicinò ancora, torreggiandole sopra.

La violenza delle sue parole era quasi fisica: le parve addirittura di sentire il suo alito aspro che le grattava la pelle. La pistola danzava a pochi centimetri dal suo viso. Gli occhi la fissavano, lampeggiando di follia.

– Non farmi male, ti prego – supplicò, sconvolta.

– Allora taci, puttana!

Angelica si rannicchiò contro il bancone, come cercando di scomparire alla sua vista, e in quel momento udì lo scrocco della porta che si richiudeva.

– Cazzo! – urlò il giovane. Dimenticandosi di lei, si avventò sull'orefice, lo afferrò per il colletto e con uno strattone lo scagliò contro il bancone.

– Apri la porta! Apri la porta subito! – gridò. Il suo corpo era percorso da tremiti inconsulti, i movimenti secchi, inariditi dall'agitazione.

– Piano, fai piano – mugolò l'omino, cercando goffamente di rialzarsi. La paura però gli aveva paralizzato le gambe, rendendole instabili e traditrici. Appena le caricò col suo peso, non lo ressero più e lui crollò di nuovo a terra. Stavolta, tuttavia, sbatté con forza la fronte contro l'angolo di vetro del bancone.

Angelica spalancò gli occhi orripilata quando udì il rumore dell'osso che si perforava contro lo stipite.

– Cazzo! Cazzo! – riprese a urlare il ragazzo, come impazzito. Aveva gettato a terra il casco e aveva la fronte madida di sudore. Cominciò a prendere a calci il gioielliere, ormai esanime a terra. La pistola gli oscillava pericolosamente tra le dita della mano libera, puntando a caso per la stanza la sua bocca di fuoco.

– Smettila! – gridò lei, inorridita. – Non lo vedi che è morto?

Il giovane si fermò di colpo e la guardò, come inebetito. Dietro la nebbia che gli offuscava lo sguardo era evidente che neanche ricordava chi fosse. Lei prese fiato, incoraggiata dal suo disorientamento. – Ma quanto ti sei fatto prima di avere questa bella idea? – gli chiese con una rabbia repentina, che di attimo in attimo si mangiava la paura.

Lui non rispose subito. Restò immobile, la faccia stravolta e una mano che ancora stringeva la camicia del povero orefice. Poi, d'un tratto, parve riscuotersi. Lasciò la presa e cominciò a muoversi a scatti per la stanza: andò alla porta e controllò la strada, poi tornò indietro a fissare il corpo immobile del gioielliere. E intanto, affondato negli abissi del caos e della droga, borbottava, sospirava e scuoteva la testa, come un animale imbizzarrito rinchiuso in gabbia.

Senza staccargli gli occhi di dosso, Angelica si mosse con estrema cautela. Raccolse gli occhiali da sole e si rimise in piedi. Lui si bloccò in mezzo alla stanza e la guardò, sul ciglio di un tracollo.

– Non ti aspettavi questo imprevisto, vero? – gli chiese, dura. – È morto. L'hai ammazzato tu.

– Io non... volevo – biascicò il giovane confuso, quasi sorpreso, disperato.

– L'hai fatta grossa con questa bravata. Ora ti accuseranno di omicidio. Te ne rendi conto, vero?

Il malvivente impallidì. Aveva i capelli chiari, arruffati sulle spalle e le gambe lunghe, sotto i jeans, scheletriche come le braccia. Non doveva avere più di venti, ventidue anni.

– È vera quella pistola? – chiese ancora lei.

Il ragazzo guardò spaesato l'arma che teneva ancora contro la coscia. Forse solo in quel momento ricordava di averla.

– Sì.

– Allora è volontario. Ti daranno l'ergastolo.

– E tu che ne sai? – ribatté lui in un guizzo di lucidità.

– I fatti parlano. Gli hai puntato addosso una pistola carica e lui è morto. Fai tu.

Il giovane sembrò considerare la situazione, lottando contro l'intorpidimento e la paura che gli invadevano la testa, e dovette giungere alla stessa conclusione. Si portò le mani al viso ed emise una specie di lamento.

– Cazzo.

Lei lo lasciò stare per qualche secondo, continuando a fissarlo, poi gli parlò di nuovo, stavolta con tono basso, rassicurante.

– Ascoltami bene. La situazione è questa. Se scappi, sarai ricercato; ti troveranno in un attimo e ciao: processo per direttissima e trent'anni senza sconti. Se invece ti consegni, ti daranno le attenuanti, magari anche l'incapacità di intendere e di volere. Ti farai qualche anno e poi uscirai sulla parola.

– Ma tu chi sei, un avvocato?

– Diciamo che so cosa rischi se ti beccano per rapina. Dammi la pistola, chiamiamo i Carabinieri e consegnati. È l'unica cosa che ti conviene.

Il ragazzo non sembrava ancora del tutto convinto ma era chiaro che nella fuliggine della sua mente bruciata stava accendendosi un barlume di ragione. Angelica lo colse al volo e ne approfittò: allungò una mano, il palmo guantato girato verso l'alto.

– Dai, dammi la pistola. Te la caverai.

Il ragazzo infine si arrese. Sollevò la pistola con un movimento stanco, quasi pesasse quanto la sua vita intera, e gliela posò di piatto sul palmo.

– Bravo – gli sussurrò dolcemente lei. – Ora ascolta: la metto in borsa e prendo il cellulare per chiamare i Carabinieri. Va bene?

Lui assentì, distratto. Ormai era afflosciato come un sacco vuoto. Fissava il pavimento con gli occhi vacui, colmi di dolorosa consapevolezza. Non la guardava nemmeno più. Per questo non vide che Angelica aveva sì infilato la pistola nella borsa ma non ne aveva tratto un cellulare. Forse se ne accorse quando lei gli si avvicinò fulminea e gli piantò il taser sulla spalla. O forse sentì solo la tremenda scossa elettrica e crollò a terra senza capire perché.

Lei non perse tempo. Rimise il taser nella borsa, raccolse la pistola e la sistemò nella mano del mancato rapinatore, svenuto sul pavimento. Gli sollevò quindi il braccio, lo guidò fino a puntare contro il corpo dell'orefice e fece fuoco, premendo il dito esanime sul grilletto. Lo sparo fu assordante nel piccolo vano della gioielleria, ma lei non si scompose. Lasciò cadere mano e arma e si dedicò all'operazione più importante.

Andò al bancone, afferrò il collier con il diamante a goccia e lo fece scivolare con abilità nel doppio fondo della sua shopping-bag. Quindi premette il pulsante di apertura della porta e dalla soglia controllò attentamente la strada. Quando fu certa che non ci fosse nessuno, inforcò gli occhiali da sole e uscì sul marciapiede. Con passo leggero si infilò in una viuzza laterale, per riemergere tranquilla e sorridente a qualche isolato di distanza. Prese il primo autobus e scomparve, non prima però di aver gettato in un cestino la fluente parrucca bionda.

Nero Wolfe e le api

di Pietro Rainero

Suono il campanello. Viene ad aprire Fiorella, la solerte ed efficiente segretaria di mia moglie. Strano, di solito alle diciotto lei finisce il turno pomeridiano e rientra al suo paese. Oggi, però, sono le diciannove e trenta ed è ancora qui.

– È al telefono – mi dice.

– Va bene, aspetto qui. – E le indico il divano.

Come tutte le sere sono passato a prendere la mia metà per accompagnarla a casa. Mi siedo in sala di attesa e prendo in mano una rivista per sfogliarla, ma lo sguardo mi cade sul decalogo per il cliente appeso al muro: mi è sempre piaciuto il punto sei, che dice: *Non chiedere profezie all'avvocato. Se fosse profeta egli non farebbe l'avvocato.*

Anche il quinto non è male: *Evita di obbligare l'avvocato a ripeterti le cose ogni tre giorni: lascia che serbi la sua pazienza per i giudici, per gli avversari e per le cause.*

Quando apro la rivista, il campanello suona.

Mi alzo e apro la porta.

Quadro!

Resto inebetito dallo stupore: sulla soglia due personaggi riconoscibilissimi: Archie Goodwin e Nero Wolfe!

Nero Wolfe, non al pian terreno della sua vecchia casa di arenaria nella Trentacinquesima Strada Ovest di New York, ma al terzo piano di Corso Dante 28, nella mia città natale!

Io sono a bocca aperta.

Ecco perché Fiorella è ancora al lavoro. E arriva subito, esclamando: – Buonasera, siete in perfetto orario. L'avvocato vi aspetta, venite. Accomodatevi.

Wolfe fa scorrere lo sguardo su di noi e agita un dito. L'atletico Archie, agilissimo, si fionda nella stanza di mia moglie, seguito dal suo sferico signore e padrone che, data la mole, è molto meno disinvolto nell'incedere e nel percorrere il corto corridoio.

Incredibile, mia moglie stava aspettando Nero Wolfe!

Mentre la porta si chiude non resisto e mi avvicino alla stanza cercando di origliare.

Seguo attentamente le manifestazioni sonore. Nell'ordine: lo scricchiolio della poltrona che riceve i centocinquanta chili di stazza del più famoso investigatore del globo, un versaccio simile a un grugnito e la voce di mia moglie che dice educatamente: – Buonasera, gradite qualcosa?

– Buona sera a lei, avvocato. Una birra, se non le è di troppo disturbo, marca Tuborg – risponde il pachidermico investigatore.

– Per me invece nulla, grazie – aggiunge Goodwin.

– Fiorella... di là c'è Piero? – chiede mia moglie.

– Sì, glielo dico.

Appena Fiorella esce dalla stanza le faccio segno che mi occuperò io della bevanda.

A malincuore, scendo al bar lì vicino, all'angolo di via Togliatti, per ordinare la Tuborg e sentirmi dire dal barista che ne è sprovvisto.

– Va bene, allora mi dia una Carlsberg, per piacere.

Pago, esco, risalgo rapidamente in studio, consegno la bottiglia a Fiorella e mi avvicino di nuovo alla porta della stanza principale, giusto in tempo per sentire il più grande (in tutti i sensi) investigatore del mondo che fa i complimenti a mia moglie per l'orchidea posizionata sulla scrivania, una Habenaria Radiata, una rara specie asiatica molto bella, almeno secondo Wolfe.

– Me l'ha regalata mio marito. Quando eravamo fidanzati mi sommergeva di fiori.

– A proposito di fiori – interloquisce Goodwin, – dalla nostra conversazione telefonica, quando ci ha contattati, so che le serve il nostro aiuto per una questione di api.

– Sì, certo; ecco di cosa si tratta. Adrian Lowell, un colonnello dell'esercito in pensione, alle sei e mezza del mattino del 16 novembre scorso, come sua abitudine quotidiana, stava facendo una passeggiata in Central Park, per di più una passeggiata a quattro zampe anziché due. Le quattro zampe, di sua proprietà, rispondevano al nome di Galileo, e Lowell le teneva presso l'Accademia di Equitazione Stillwell, a ovest del parco, nella Novantottesima strada.

Quaranta minuti più tardi, alle sette e dieci, Galileo è sbucato dal parco senza nessuno in sella ed è tornato verso la scuola di equitazione. Dopo tre quarti d'ora una guardia ha trovato il cadavere di Lowell dietro a dei cespugli, a pochi metri dal sentiero riservato ai trottatori, all'altezza della Novantacinquesima strada. L'autopsia ha dimostrato che la morte del colonnello è dovuta a uno shock anafilattico, probabilmente in seguito a una puntura d'ape, visto che sul luogo, tra i cespugli, è stato rinvenuto uno sciame di questi insetti.

– Cose che possono capitare – è il commento del Re degli investigatori.

– Le dico la verità, signor Wolfe, sono convinta che la cosa sia stata fatta capitare, sono sicura che si tratta di un omicidio!

– Uhm... e perché è giunta a questa conclusione?

– Vede, il signor Lowell, insieme ad altri due suoi cugini, Theodore Eads e Frank Broadyke, è l'erede di un ricchissimo industriale, Peter Hagh, della dichiarazione di successione del quale io mi sto occupando per incarico del signor Eads.

– Ah, il signor Eads l'ha contattata forse dopo che tutti i giornali hanno parlato di come Lei ha magistralmente condotto la successione di quei due coniugi... con nove eredi... qui in Italia.

– Sì, in un paesino non troppo lontano da qui. Comunque, il mio cliente, l'architetto Theodore Eads, è convinto che il signor Broadyke, apicoltore nel New Jersey, abbia deliberatamente architettato l'omicidio di Adrian Lowell usando un nugolo di api! Adrian Lowell era allergico in modo estremo alle punture di insetti e questo fatto era noto a tutti i parenti. Con la morte di Lowell, la quota di successione ereditata dai cugini aumenta e diventa un'eccezionale fortuna. Tra l'altro, come capirà, il mio cliente è anche preoccupato per la sua incolumità. Siamo arci-convinti che sia un omicidio.

– Il problema è che non possedete uno straccio di prova – prorompe Archie.

– Devo dire la verità, vi ho contattati proprio sapendo della bravura del signor Wolfe e sperando in un vostro valido aiuto. Vedete, non possono esserci api a Central Park: non ci sono arnie nel parco e intorno sono tutti grattacieli, inoltre non ci sono altre zone verdi nel raggio di molti chilometri.

– Già e le api si spingono al massimo a 3 o 4 chilometri dalle loro casette, oltre i 5 chilometri praticamente tutto il nettare che portano nell'arnia è perso – conclude Wolfe che, evidentemente, sa tutto anche su questi piccoli insetti, oltre che sui fiori.

– Per cui – riprende la mia metà – a Central Park non possono esserci api, eppure c'erano!

– Devo ammettere – dice gravemente Wolfe – che lei, avvocato, mi presenta una situazione originale e professionalmente oltremodo interessante. – A questo punto segue una lunga pausa e dopo un po' Goodwin commenta, rivolto a mia moglie: – Quando le sue labbra cominciano a muoversi, sporgendosi in fuori, venendo risucchiate dentro e così via, il suo cervello è al lavoro.

Io invece mi sorprendo a pensare: "vuoi vedere che stavolta il grande, immane Nero Wolfe viene sconfitto dalle piccole, minuscole api?"

Forse questa è anche l'opinione di Archie, perché commenta: – È un vero e proprio rebus irrisolvibile–. Ma dopo qualche altro attimo, il grande detective chiede: – Possiamo usare il suo computer, avvocato?

– Certo.

– Bene, Goodwin, vada su Google maps.

– Fatto.

– Ora inquadri Central Park e poi usi lo zoom per ingrandire la vista dall'alto.

Cosa che evidentemente il fido Archie fa, perché il suo capo chiede: – Ha una lente, avvocato?

– Sì. Tenga.

– Uhmm... vediamo... dunque... Come diceva un mio collega, però lui frutto soltanto della fervida fantasia di Conan Doyle: *elimina tutti gli altri fattori, e quello che rimane deve essere la verità...* – E dopo un poco aggiunge: – Ecco! Come pensavo!

– Non mi dica che ha risolto il caso! – è l'esternazione di Archie.

– Certo. Le case delle api, le arnie, non sono né nel parco né dentro i grattacieli, quindi...

– Quindi... cosa? – chiede mia moglie.

– Quindi possono stare solo sui tetti dei grattacieli! La vede questa costruzione a destra? Se guarda attentamente con la lente noterà tanti piccoli rettangoli scuri, che secondo me sono le arnie viste dall'alto. Faccia qualche indagine, scoprirà che il signor Broadyke ha affittato, nelle settimane scorse, un appartamento in questo immobile per avere l'accesso al tetto e posizionare le case degli insetti. Vedrà che ho ragione.

– Si fidi, avvocato – conclude Goodwin. – Il mio capo non sarà un esempio di cortesia verso gli altri ma è un genio. Le manderò poi con comodo la parcella, grande come la considerazione che Nero Wolfe ha di se stesso.

– Non penso vi siano problemi, il mio cliente è ricco e tra un po' lo sarà ancora di più. Per ringraziarvi del disturbo e della consulenza sulle api, intanto, ecco qui un bel vasetto di miele. Proviene da un paesino qui nei dintorni, me lo ha portato la mia segretaria. Buona serata.

– Un'ottima idea, spiritosa. Buonasera anche a lei – è il commiato dell'investigatore (quello grande) che lascia la poltrona, sofferente poverina, per causare, avviandosi all'uscita, un terremoto nel corridoio, tra un sobbalzare di quadri e un oscillare di lampadari.

Dopo i saluti di rito verso di me e Fiorella, Archie chiama l'ascensore e vi fa entrare il grande capo, il quale afferma: – Non posso rifare da solo la discesa fino al piano terra. Non mi lasci, Goodwin!.

Ma quest'ultimo schiaccia il pulsante e il trabiccolo parte mentre Wolfe urla: – Archie! Archie! Archie!!!

– In due non ci stiamo, e poi fare le scale mi farà bene – risponde l'atletico assistente lanciandosi per i gradini ed esclamando: – Vediamo chi arriva prima.

E mentre lo vedo che divora le rampe del palazzo e penso a come il mio investigatore preferito abbia brillantemente sconfitto le api, in pochi minuti, semplicemente grazie a una telecamera posta su un satellite, sento la voce di mia moglie che nello studio dice al telefono: – Pronto, polizia di New York? Passatemi l'ispettore Cramer o, per lo meno, il sergente Stebbins. È urgente; chiamo dall'Italia, sono l'avvocato...

Sia fatta la Sua volontà

di Luigi Giampetraglia

> Quelli che sognano ad occhi aperti,
> sono a conoscenza di molte cose
> che sfuggono a chi sogna addormentato.
>
> Edgar Allan Poe

La finestra della camera da letto è socchiusa e, dallo spiraglio, si insinua un refolo tiepido, che porta con sé dalla strada l'olezzo penetrante di cassonetti rivoltati e di urina acida.

Accanto a me, Ciro dorme un sonno profondissimo e composto.

Quando è molto stanco – e adesso lo è – emette brevi serie di brontolii bassi; un russare educato, che zampilla dalle labbra in vibrati appena udibili, soffocati dalla mano onirica del suo inconscio garbato, che gli impedisce di rendersi fastidioso, persino nell'inconsapevole torpore del riposo notturno. Quella di Ciro è sempre stata una natura mite, accomodante, protesa verso l'accettazione e la resa. Se non ha mai avuto guai seri nella vita è soprattutto per questo suo modo di essere.

Ma è anche la ragione per cui non credo sia mai stato veramente felice.

Tutti i suoi sogni, quelli di cui mi parlava da ragazzo, con gli occhi che brillavano di giovanile entusiasmo, sono rimasti chiusi a chiave in un cassetto e la chiave dev'essere finita sul fondo di un oceano di previsioni nefaste e inquietudini.

A parziale giustificazione di questa sua irritante inerzia devo ammettere che in quartieri come il nostro si sopravvive anche così.

Negandosi all'esistenza pur di continuare a esistere, seppur nelle indefinite fattezze di un'ombra; un figurante in trappola nel limbo ciclico della routine, in cui ogni giorno è esattamente uguale all'altro.

E in questa routine asfissiante, che pesa sul petto e sull'anima, in questa spirale vorticosa di cose da fare e disfare a intervalli regolari, ha finito per trascinare anche me, che mi sono lasciata risucchiare sul fondo e ora... ora non riesco più a risalire in superficie, quasi come se avessi dei pesi legati alle caviglie e, nel panico del mio vano dibattermi, avessi completamente smarrito la capacità di trovare una soluzione... una soluzione che c'è, ci deve essere... devo solo calmarmi e ricominciare a pensare, risalire le catene verso il basso e liberarmi di quel peso...

è facile, facilissimo... esistono molti modi per farlo, devo solo decidermi ma non ne ho la forza... non ci riesco.

Mi sento mancare l'aria, annaspo, non dormo più la notte, rimango sveglia a guardarlo, incitandomi a un gesto che forse non farò mai, perché non ne ho il coraggio, pur avendone il desiderio.

Avrei bisogno di un motivo... sì, è di quello che ho bisogno... un motivo, solo uno!

Ma motivi Ciro non me ne dà, né mai me ne ha dati, né me ne darà.

Ciro non si arrabbia, non reagisce, non tradisce, nemmeno col pensiero probabilmente, e acconsente a ogni mia richiesta, persino quelle più insolite, seppur negli ovvi limiti delle nostre finanze, che sono tutte in quel suo stipendio appena dignitoso.

Non abbiamo avuto figli. Lui non poteva averne.

Azoospermia: totale assenza di spermatozoi nel liquido seminale.

All'inizio ne ho sofferto. E mi è persino capitato di pensare di proporgli un'adozione. Ma, a ripensarci adesso, forse è stato un bene non averlo fatto. Perché se avesse accettato, se avessimo fatto quel passo, adesso sarebbe tutto più difficile. E questo perché dovrei pensare anche a loro. Al loro futuro. Al loro domani. Non so ancora cosa fare. Non ho ancora deciso. Vorrei ma... il suo respiro si fa un po' più pesante... ma dura lo spazio di pochi istanti, non è abbastanza... Forse se quel suo russare durasse un poco di più... forse... No!

La colpa è mia. Non sua. Ma chi prendo in giro? Sapevo com'era fatto. Sin dall'inizio. E sapevo che non mi avrebbe reso felice. Né mi sono mai illusa che potesse farlo.

Se l'ho sposato è perché era l'unico che avesse manifestato un qualche interesse verso di me. Ero solo una ragazzina insicura quando l'ho conosciuto. Avevo paura che sarei rimasta sola... Mi sono accontentata, ecco. Ciro era la mia speranza di una vita normale, di una famiglia.

Forse sto sbagliando tutto. Forse la soluzione c'è, ma è un'altra. Forse quella pistola l'ho caricata per me. Posso uscirne anche così. È un modo. Un modo diverso. Ma egualmente efficace. Forse persino più efficace. La fine di tutto. Magari l'inizio di tutto.

Mi volto su un fianco, sospiro e sfilo la pistola incastrata sotto al materasso. Il metallo è freddo. Anche se la tengo lì da sei notti. Carica. Pronta a sparare. Basterebbe spingere la canna contro una tempia e premere il grilletto. La domanda che mi faccio è: contro quale tempia? La mia? La sua? Forse potrei poggiare una guancia sul suo viso e dargli un bacio e sussurrargli in un orecchio che mi dispiace e spingere il polpastrello sul grilletto, confidando che la pallottola prenda entrambi, così da trascinarlo con me nella morte, come lui ha fatto con me nella vita.

Potrei farlo.

Forse dovrei.

Cristo!

Il quadro di Gesù Cristo appeso alla parete di fronte al letto. Il viso incavato e smunto. La pesante cornice di legno, scrostata lungo i bordi e tenuta miracolosamente su da un chiodo che non reggerebbe il peso di un poster. La barba ispida, la tunica di lino bianca, gli occhi tristi.

Gesù.

Lui è sempre stato lì. Lui sa. I suoi occhi hanno visto. Sa del mio inutile spronarlo e di quella sensazione di vuoto e di assenza, sa del dolore soffocato nel cuscino e della rabbia urlatagli in faccia... e sa delle preghiere inascoltate e delle lacrime. Sa dei cocci di sogni infranti e di quelli di piatti mandati in frantumi.

Lui sa.

Eppure il suo sguardo negli anni è rimasto duro e immutato nel giudizio che ne traspare.

Lui sa.

Eppure mi vuole in trappola. Prigioniera.

Appoggio i piedi nudi sul pavimento e controllo, da sopra la spalla, che Ciro continui a dormire.

Pochi passi felpati e sono davanti al quadro.

Lo sguardo di Gesù è fiero e addolorato.

Il mio, nel riflesso opaco del vetro che protegge la tela, solo addolorato.

Se non vuole guardare non deve farlo.

Con la mano libera sgancio il quadro dal chiodo e lo riappendo con la faccia rivolta verso il muro.

Il peso della pistola mi richiama immediatamente a quanto devo fare.

Torno verso il letto. Questa volta dalla parte dove dorme Ciro.

Sono in piedi. Lo domino.

La luce della luna, che filtra dalla finestra alle mie spalle, allunga la mia ombra minacciosa sopra di lui. Sollevo la pistola e la punto contro il suo occhio sinistro.

Adesso il suo respiro è appena percettibile. Dorme beato come un bambino, la faccia sprofondata nel cuscino, una costellazione di goccioline di sudore disseminata sulla fronte rugosa.

Non posso farlo adesso.

Non ci riesco.

Mi lascio scivolare in terra. Inerme. Sconfitta.

Chiudo gli occhi e appoggio una guancia sulle piastrelle fresche. È una sensazione piacevole. Mi fa sentire bene.

Senza lasciare la presa sulla pistola, sfilo la vestaglia di seta dalla testa e resto nuda contro la notte. Il mio corpo reagisce all'istante alla variazione di temperatura con una diffusa erezione pilifera e un deciso inturgidimento dei capezzoli.

Li osservo: spuntano dalle areole dritti e grinzosi come chiodi arrugginiti. Mi sorprendo a studiarli, come un'adolescente alle prese con gli scherzi della pubertà.

Li solletico con la canna della pistola, affondo gli incisivi nel labbro inferiore e, subito dopo, passo la lingua sulla merlatura lasciata dai denti nella carne.

Che diavolo mi sta succedendo? Che sto facendo?

Lascio che il mio corpo decida per me: scivolo con la schiena sul pavimento e schiudo le gambe.

Da dove sono riesco a vedere ancora la punta del naso di Ciro e un ciuffo dei suoi capelli grigi che spuntano oltre il bordo del materasso.

Avverto un calore intenso diffondersi dalla vagina.

Non lo facciamo da mesi. Ho voglia di svegliarlo. E di scoparlo. Dio, che darei per averne il coraggio.

Comincio a toccarmi. E mentre lo faccio continuo a guardarlo.

D'improvviso le sue palpebre prendono a vibrare come ali di farfalla. Credo stia sognando. Mi domando cosa. Forse sogna di fare l'amore con me. O forse no.

Il piacere mi invade lento. Inarco il collo. Accelero il ritmo. Spingo. Tremo. Gemo nell'abbandono.

Quando riapro gli occhi è tutto finito. Sono appagata. Esausta.

Ciro dorme ancora. Non si è accorto di nulla. Istintivamente allungo una mano per accarezzarlo ma, lungo il tragitto, urto con la falange qualcosa di molto duro.

Ritiro la mano di scatto, come se mi avesse morso una vipera.

Che cos'è? Nella penombra tasto il materasso per ritrovarla. Eccola. Ha una strana consistenza metallica... ed è fredda.

Provo a sfilarla, ma è incastrata. Introduco l'impugnatura della pistola nella fessura tra il materasso e la rete e, facendo leva sul misterioso oggetto, spingo con tutte le forze. Nonostante l'impegno riesco a liberare giusto qualche centimetro di metallo nero. Non molto, sufficiente però per afferrare la parte che sporge all'esterno con entrambe le mani.

Devo solo trovare una sistemazione più comoda: mi metto seduta con le cosce larghe, le ginocchia leggermente piegate, le piante dei piedi contro il bordo del letto.

Tiro: uno strattone violento e deciso, che mi manda gambe all'aria. Non mi rendo subito conto di cosa sia. So solo che è pesante. La guardo.

E, nella penombra, riconosco l'inconfondibile sagoma di una pistola: la canna, il carrello otturatore, il ponte del grilletto...

– Caterì!

Ciro è desto. Mi osserva incredulo, gli occhi del primo risveglio: sgranati, arrossati e ludici.

– Che... che stai facendo? – chiede scostando le coperte e mettendosi in piedi. Il suo equilibrio è incerto, precario, i fianchi oscillano, si rimette seduto per un attimo, poi si rialza, come se avesse preso la scossa.

– Io...

– Abbassa quella pistola Caterina! – Il tono è accorato, ma nient'affatto duro.

La tengo puntata verso di lui. Non so se è carica. Basterebbe premere il grilletto per scoprilo.

– Perché la tenevi nascosta? Che ci volevi fare?

Ciro abbassa lo sguardo colpevole.

– Quella... era per me... – dice con un vibrato angosciato nella voce.

– Davvero?

Fa qualche passo cauto nella mia direzione; è quasi sopra di me quando, con le dita del piede nudo, urta la mia pistola.

– E questa? – indaga chinandosi a raccoglierla.

– Quella è mia!

– Ed era per me o per te?

– Io... non lo so più... – ammetto tra le lacrime.

È una situazione folle. Adesso io ho la sua pistola e lui la mia. Mi chiedo chi dei due sparerà per primo.

Il suo sguardo dice più di quanto riuscirebbero a fare le parole: implora. So cosa vuole e lo so perché è la stessa cosa che voglio io.

Lui annuisce e anche i suoi piccoli occhi grigi si riempiono di lacrime. Vorrei tanto che fosse lui il primo a farlo. Anche se a quel punto potrebbe essere tardi per ricambiare.

Gli regalo un ultimo sorriso. Poi abbasso le palpebre e resto in attesa della detonazione. Sparerò solo quando lo avrà fatto lui. Se ne avrò il tempo. Se ne avrò l'opportunità.

Perché adesso so cosa è giusto fare. Devo solo rimanere concentrata, il dito sul grilletto pronto all'ultimo scatto. Finirà così. Così è giusto che finisca...

Un colpo sordo, improvviso e secco, mi esplode in un orecchio.

Arretro l'indice e sparo anch'io.

Fatico a realizzare che c'è qualcosa che non va. Che quel fischio che ancora mi risuona nelle orecchie può significare una sola cosa: sono viva. Sono ancora viva!

Apro un occhio. Uno solo. Ciro è riverso sulle coperte. Non riesco a vedergli la faccia da dove mi trovo, ma la pennellata di sangue fresco che sgocciola dal soffitto non lascia dubbi: il colpo deve essere entrato attraverso il mento, perforandogli prima il cervello e poi la calotta cranica.

L'ho ucciso. Ho ucciso mio marito. E dovrei essere morta anch'io adesso. Deve avermi mancata. Non c'è altra spiegazione. Dev'essere così.

Mi arrampico sopra di lui. Il corpo è ancora caldo. Un burattino di muscoli, ossa, sangue e nervi. Il foro di entrata è leggermente spostato sulla destra rispetto a quanto avessi immaginato. Un piccolo foro bruciacchiato da cui è colato un rivolo di sangue denso.

Mi rimetto in piedi e cerco di capire dove sia finito il colpo sparato da lui. Mi guardo in giro. Non ci sono fori nel pavimento e nemmeno nella parete alle mie spalle. Non riesco a trovare nessuna traccia dello scoppio.

La sua pistola! La raccolgo dal pavimento e sgancio il caricatore: quindici colpi.

Questo significa una cosa sola: questa pistola non ha sparato.

Ma allora, che cosa è successo?

Io... io l'ho sentito quel colpo. No, forse ho solo creduto di averlo sentito. Un'allucinazione uditiva. Ecco cosa deve essere stato. Ne ho letto una volta su una rivista. No. Non può essere. L'ho sentito davvero. Non era un'allucinazione. Ne sono sicura.

Confusa, affondo il volto nelle mani aperte a coppa e, in quel momento, nella visuale periferica del mio occhio sinistro entra qualcosa... il quadro... il quadro di Gesù. È a terra adesso, disteso sul pavimento. I suoi occhi guardano in alto, verso la costellazione di sangue che imbratta il soffitto. La cornice è spaccata.

Quello che ho sentito non era un colpo di pistola ma solo il tonfo del quadro precipitato al suolo.

Ciro non mi ha sparato. Non ci sarebbe mai riuscito. È stato Gesù a volere che lui morisse. È stato lui. Suo il volere. Lui è sempre stato lì. Lui sapeva. I suoi occhi hanno visto.

Sono libera ora. Lui mi ha liberato. Voleva che fossi libera.

Sia fatta la Sua volontà.

Un caso di *dying message*

di Vittorio Martucci

Li chiameremo semplicemente il Lettore e lo Scrittore. Essi siedono comodamente in due poltrone del loro club, sorseggiando dell'ottimo cognac francese e chiacchierando molto amabilmente. Il volume delle loro voci è basso, attenuato, perché non diano noia agli altri ospiti ma anche perché, comunque, la loro indole è quella di persone pacate e riflessive.

Lo Scrittore sta proseguendo un discorso già cominciato: – Come le dicevo, nel poliziesco classico l'autore si comporta come l'artefice di un gioco di prestigio: egli mostrerà bene in vista una mano in azione ma sarà l'altra ad agire di nascosto e nessuno saprà accorgersene. Lo stesso vale per gli indizi che riguardano la soluzione di un delitto: ne verranno forniti di vistosi ma inutili e quelli importanti non verranno presi in considerazione. Desidero darle un esempio mediante una storiella che ho imbastito alla buona, per cui non sarà perfettamente rifinita nei particolari, ma sarà sufficiente a darle un'idea del mio assunto. Mi sono ispirato a quel sottogenere del poliziesco che viene definito dagli autori anglosassoni del *dying message*, del messaggio, cioè, che la vittima lascia in punto di morte per indicare il colpevole. Vuole seguirmi?

Il Lettore risponde con evidente interesse: – Volentieri. – Si sistema più comodamente sulla poltrona e si appresta ad ascoltare.

Il ricchissimo Sir Charles Lansdale, appassionato di elettronica e di enigmistica, viene trovato morto la mattina del 16 settembre nel soggiorno della sua villa, dove vive da solo con la servitù. A fare la macabra scoperta è il maggiordomo Benson, che si affretta a telefonare alla polizia, asserendo di non aver toccato nulla. Sul luogo si recano l'ispettore Callaghan e il sergente O'Hara, insieme ad alcuni agenti. Lo spettacolo che si presenta ai loro occhi è raccapricciante. Sir Charles giace in una pozza di sangue, accasciato a terra, nei pressi della sua poltrona e sulla pelle chiara del bracciolo è possibile leggere una scritta probabilmente ottenuta con lo stesso sangue: EdW. Accanto al cadavere si trova uno sfogliacarte acuminato, ripulito alla meglio ma che rivela anch'esso tracce di sangue: probabilmente l'arma del delitto. Una striscia rossa a terra indica che forse, negli ultimi attimi di vita, il miliardario si sia faticosamente trascinato per un breve tratto. Non sono visibili segni di effrazione, né impronte di persone estranee alla casa.

Dopo i rilievi di rito (che, tra l'altro, non rilevano impronte sull'arma) e la rimozione del cadavere, Callaghan si affretta a interrogare la servitù, rappresentata dal maggiordomo, dal cameriere personale di Sir Charles, Ambrose, e dalla cuoca Liza, ricevendone preziose informazioni. La sera prima Sir Charles ha ospitato i suoi tre nipoti: Edwin Mallory, figlio di una sorella, e poi Edwige ed Edward Lansdale, fratelli fra loro. Al momento, Edwin risulta scomparso. Si viene a sapere che si tratta di un tipo poco raccomandabile, costantemente alla ricerca di espedienti per tirare avanti. L'ispettore si affretta a dare disposizioni per la sua ricerca, anche con l'istituzione di posti di blocco. Passa poi a interrogare in biblioteca gli altri due ospiti. Edwige arriva sbadigliando, con due auricolari nelle orecchie.

– Signorina – esordisce Callaghan – cosa può dirmi di questa notte? Ha sentito qualcosa di sospetto?

– No, ispettore, non ho sentito nulla. Come vede, mi piace ascoltare musica e ieri sera sono andata a letto presto, perché ero molto stanca. Avevo nelle orecchie il mio mp3 e mi sono addormentata così. Stamattina mi ha svegliato Benson. Le mie orecchie non hanno sentito assolutamente nulla.

– Le sue orecchie no ma anche i muri posso-no avere orecchie ed esse intorno alle ventidue hanno captato una conversazione che chiamare animata è un grazioso eufemismo. È vero o no che lei aveva deciso di sposare un poco di buono e che Sir Charles aveva minacciato di disere-darla? Per ora vada e si tenga a disposizione. Passiamo al signor Edward.

In quel momento scende O'Hara dal piano di sopra.

– Capo, due fatti importanti: in camera di Sir Charles la cassaforte è stata trovata aperta e completamente vuota. E nella stanza del giovane Lansdale abbiamo scoperto un servizio da scrit-toio al quale appartiene senz'altro lo sfogliacarte.

– Ehi, che diamine – interviene concitato Edward, sopraggiunto in quel momento – chiun-que avrebbe potuto entrare ieri sera nella mia camera e portar via il tagliacarte?

– Questo è vero – esclama Callaghan – ma anche a lei non mancava un ottimo movente per il delitto. Ieri lei era qui perché aveva contratto un grosso debito al gioco, ma Sir Charles si era rifiutato categoricamente di saldarlo.

In quella si avverte un trambusto provenire dall'ingresso.

– Ispettore, abbiamo trovato il piccioncino – grida con un po' troppo entusiasmo un agente, che con un collega tiene stretto un energumeno in preda all'ira. – La sua auto ha avuto un guasto e non è andata molto lontano. Il signorino aveva con sé tutto il malloppo.

– Bene, signor Mallory, lei deve spiegarci parecchie cose – aggiunge Callaghan con aria vagamente divertita.

– No, no, ispettore, voi non potete incastrarmi in questo modo. Sì, lo ammetto, sono un ladro, ma non sono un assassino. Prima dell'alba, molto presto, prima che la servitù si alzasse, sono sceso giù e ho trovato mio zio già morto. Ho avuto una subitanea ispirazione e sono corso nella sua camera. La cassaforte era aperta e dentro c'erano quattro pacchi di banconote. La tentazione è stata troppo forte. Il resto lo sapete.

Callaghan ridiviene molto serio. – Bene, per ora starete dentro per il furto. Quanto al resto, si vedrà. Mallory viene portato via e tutti gli altri si sono ritirati. Callaghan e O'Hara, tornati sulla scena del delitto, restano da soli a fissare la scritta sulla poltrona.

– Capo – fa il secondo – davvero un peccato che Sir Charles sia morto senza poter terminare il suo messaggio; in tal modo avremmo avuto senz'altro il nome dell'assassino.

– Già – mormora pensoso Callaghan – e, poi, questa strana e per noi fastidiosa circostanza di quei tre nomi che hanno le prime tre lettere uguali.

– Capo, quella scritta mi ricorda un po' i caratteri di un display.

– Certo, forse la cosa è collegata con la nota passione di Sir Charles per l'elettronica, ma non ci aiuta molto.

In quel momento l'ispettore nota dalla parte opposta della poltrona un piccolo oggetto. Si sposta e si china a raccogliere un bottone nero di un abito maschile. Si rialza lentamente, resta un attimo con lo sguardo fisso davanti a sé, poi, rivolto a O'Hara rimasto rispettosamente di fronte a lui, esclama: – Che mi venga un colpo, sergente, ora credo di sapere chi ha ucciso Sir Charles.

Lo Scrittore assapora ancora un sorso del suo cognac, poi si rivolge al Lettore: – Orbene, ha compreso anche lei chi è l'assassino di Sir Charles?

L'altro risponde un po' titubante: – Non proprio ma penso sia fondamentale come indizio quel bottone ritrovato alla fine.

– Ecco, vede, come prevedevo lei si è soffermato a guardare la "mano" sbagliata. Quel bottone non ha alcuna importanza in sé; ha solo consentito a Callaghan di osservare la scena da un'altra prospettiva. Quale scritta si legge guardando il tutto dal lato opposto, come si è trovato a fare l'ispettore? Non EdW, ma Mp3. Sir

Charles (che evidentemente ha scritto da un'altra posizione, come indica la striscia di sangue sul pavimento) non voleva indicare il nome del suo assassino ma qualcosa che lo caratterizzava e che poteva essere scritto velocemente. Edwige dunque aveva commesso l'efferato crimine, temendo le ire dello zio e la perdita dell'eredità. Ella aveva scorto lo zio ancora in poltrona (forse appisolato) e lo aveva trafitto senza pietà; aveva poi eliminato in modo grossolano le impronte dallo sfogliacarte ma lo aveva abbandonato precipitosamente, forse allarmata da qualche rumore. Questo aveva consentito a Sir Charles, non ancora morto, di indicarla *in extremis* come colpevole.

La cartomante

di Miriam Schiavina

– Mi dica qualcosa di lei.

L'uomo la guardava fisso, i tratti del volto immobili, il gelo negli occhi. E continuava a tacere.

Moira rabbrividì, nonostante il poncho di lana pesante in cui era avvolta. Non doveva accettare quell'ultimo cliente. Era quasi buio e stava scendendo un velo di foschia. In giro non c'era che qualche passante svogliato e gli altri venditori stavano già mettendo via la merce. La fiera era finita.

Ma poi quell'uomo le era comparso davanti, uscito da chissà dove, nell'ombra umida della strada. Si era seduto davanti al suo tavolino e le aveva chiesto di fargli le carte. Poi non aveva più aperto bocca.

– Che lavoro fa? È sposato?

Niente. D'un tratto, i tarocchi erano diventati indocili e testardi. Mentre li mescolava, si divincolavano e rifiutavano di scivolare al loro posto, gli uni sugli altri. O erano le sue mani che si erano messe a tremare. Alla fine riuscì a disciplinare il mazzo, sbattendolo leggermente sui due lati sul piano del tavolino.

– Mi perdoni se insisto, ma è necessario che io abbia qualche informazione. Le carte parlano ma devo sapere in quale contesto muovermi. Per interpretarle correttamente, capisce?

– Mi dica solo quello che vede. E basta.

Moira trasse un profondo sospiro. Non potendo far altro, si concentrò, afferrò la prima carta e l'appoggiò scoperta davanti a lei.

La morte.

Moira deglutì per scacciare il sapore di ruggire che le era nato in gola. Con professionale indifferenza, fece scivolare la carta sotto il mazzo e riprese a mischiare. La gente si spaventava quando vedeva quella carta e lei cercava sempre di farla sparire con qualche artificio, per non guastare l'atmosfera. Gettò un'occhiata in tralice al suo cliente, che continuava a fissarla senza espressione. Spariti i brividi, ora uno strano calore le si arrampicava lungo i fianchi. Il cuore aveva cominciato a battere forte, riversandole cascate di sangue bollente nelle vene e pulsandole nelle tempie. Cercò almeno di tenere ferme le mani mentre cominciava un altro giro: tagliò il mazzo, prese la prima carta e la scoprì.

La morte.

Stavolta non riuscì a trattenersi: un gemito leggero le soffiò tra i denti, frantumando ogni suo pensiero coerente. Lo scheletro a cavallo, con la falce scintillante sopra la testa, prese a vorticare sul tavolo, a moltiplicarsi e scindersi come un'ameba. Le sembrava addirittura di sentire la risata di quella bocca vuota e nera, infinita, che rimbombava al ritmo forsennato del suo cuore.

Si aggrappò di nuovo alla ragione e riuscì a cavarsi fuori dal tumulto della sua mente. Di nuovo fece sparire la carta nel mazzo e ricominciò a mescolare. Quando sollevò lo sguardo, le sembrò che l'uomo avesse un ghigno di derisione sulle labbra strette. Si costrinse a parlare per cercare di rimediare al suo assurdo comportamento.

– Non mi piace iniziare con questa carta – cominciò forzando un tono casuale. In qualche modo riuscì anche ad articolare un sorriso, che sentì falso come la sua voce. – E comunque nei tarocchi la morte non significa qualcosa di brutto, ma solo un cambiamento.

– Ne è sicura?

Moira si gelò di nuovo. Quella voce aveva davvero un tono beffardo e quegli occhi erano due coltelli acuminati, puntati su di lei. All'improvviso le dita le si trasformarono in ghiaccioli e rifiutarono ogni movimento. Il mazzo dei tarocchi le sfuggì da quelle mani ormai inutili e cadde a terra in un breve fruscio. Confusa tra sorpresa e disagio, mentre un filo sottile di terrore puro le si incuneava tra le vertebre cervicali, si chinò per recuperarle. Ma appena il suo sguardo si posò sulle carte sparpagliate alla rinfusa sotto il tavolino, una fitta di orrore la paralizzò. Tutte le carte erano cadute a faccia in giù sull'acciottolato della strada, tranne una che svettava, sprezzante e scoperta, sopra le altre: la morte.

La cartomante si sentì inghiottire da una voragine oscura. Non era più un caso, non era più uno scherzo. Stava succedendo qualcosa di imponderabile. La sua mente cominciò a correre, a cercare una spiegazione logica, a capire che non poteva trovarne alcuna. China sotto il tavolo, paralizzata davanti al vuoto che la disperazione le stava scavando intorno, alzò gli occhi verso le gambe dell'uomo seduto di fronte a lei e si accorse che teneva le mani congiunte sotto l'orlo del tavolino. E stringeva qualcosa. Un oggetto lungo, metallico.

La comprensione le balenò dentro la mente, accecandola come una lampadina dopo un lungo black out. Di scatto, si rizzò di nuovo a sedere e fissò negli occhi il suo strano cliente. Lui dovette leggere l'angoscia sul suo viso, perché si mosse. Sbatté le palpebre e si inumidì le labbra mentre lentamente sollevava le mani e mostrava quello che lei aveva già visto: una pistola. Puntata su di lei. A un metro di distanza. Nel buio ormai fitto della strada deserta.

– L'anno scorso mia moglie è venuta a farsi leggere le carte – cominciò lui con tono piatto, informe. – Tornò a casa e mi disse che lei aveva visto un grande cambiamento nella sua vita.

Moira non ascoltava. Le sue orecchie ronzavano, rendendola sorda e inerte.

– Il giorno dopo prese il bambino e se ne andò via.

Moira non lo vedeva. I suoi occhi guardavano solo la bocca scura dell'arma, così simile a quella della morte.

– Per colpa sua, la mia vita è distrutta.

Moira udì lo sparo fracassarle la testa ma era ancora viva quando scivolò a terra. Cadde sui suoi tarocchi, sotto il tavolino, e l'ultima immagine che si fissò nei suoi occhi fu quella della morte: rideva di lei con la sua bocca vuota e nera.

L'ultima fermata

di Gabriele Levantini

"Bzz! Bzz!" Il telefono vibrò, a interrompere il rumore ripetitivo del treno. L'uomo, che fino a quel momento aveva guardato dal finestrino, sembrò come ridestarsi dai suoi pensieri. Lo prese, inserì il codice di sblocco e guardò lo schermo. Era una chat da "mamma". Inserì la chiave di decriptaggio e la stringa di numeri si trasformò in un messaggio di testo. "I fiori sono sbocciati! Ad Amburgo tutti li vogliono ammirare!". Il testo scomparve.

Raggelò. Ansia. La sua copertura era saltata e qualcuno lo aspettava ad Amburgo per ucciderlo. Cercò di mantenere la calma: dalla centrale gli avrebbero inviato istruzioni. Non era la prima volta che qualcosa andava storto e non era nuovo alle situazioni ad alto rischio. Adesso gli serviva solo una *exit strategy* e una buona copertura per la fuga. "Mi piacerebbe stare con degli amici ad Amburgo. Mi fermerò poco." Si assicurò di poter agire in sicurezza. Riprese a guardare dal finestrino. Aveva alle spalle anni di addestramento per circostanze del genere, era armato ed era assistito da una rete di professionisti anch'essi ben addestrati ed equipaggiati. Di cosa avrebbe dovuto preoccuparsi? Eppure questo pensiero non lo tranquillizzava: anche i russi in fondo avevano gli stessi strumenti. Una partita difficile, ed era la sua testa a essere in gioco.

"Bzz! Bzz!"

"La zia sta male, devo accudirla. A dopo."

I russi avevano provato a forzare la loro linea di comunicazione primaria, "la zia". La chat room non era più del tutto sicura, forse qualcuno cercava di captare i messaggi cifrati, gli agenti non dovevano comunicare fino a nuovo ordine.

Poco dopo il telefono vibrò ancora: "Bzz! Bzz!"

"La zia sta meglio, non era niente di grave. Però non riesco a trovare i tuoi amici".

Questa volta impallidì vistosamente dalla paura.

– Sta bene, signore? Vuole un po' d'acqua? – chiese la donna che gli sedeva vicino.

– No no, grazie... tutto bene... solo che è molto caldo oggi. Dev'essere quello. La ringrazio.

Dov'erano finiti gli agenti di copertura? Perché erano irreperibili? In fondo la risposta la sapeva ma non poteva accettarla. L'idea balenò nella sua mente: lui era il target primario e i russi stavano già agendo: lo volevano morto, subito. Perciò avevano già eliminato gli agenti di copertura, per aprirsi la strada. Si sentì stringere il cuore. Come diavolo avevano fatto a individuarli? Scacciò immediatamente quel pensiero: se davvero i russi fossero stati in grado di identificare ed eliminare i due agenti in così poco tempo, questo avrebbe significato che lui sarebbe stato quasi certamente un uomo morto. Non era possibile. Doveva per forza essere solo un effetto del cyber-attacco di poco prima : i loro telefoni dovevano essere andati offline. Presto i tecnici avrebbero risolto il problema.

La stazione di Amburgo era sempre più vicina. Meno di un'ora, poche le fermate intermedie. Non arrivavano notizie dalla centrale, l'attesa era logorante. Doveva fare attenzione a chiunque fosse salito sul treno e a ogni movimento sospetto. Chiunque sarebbe potuto essere un agente nemico. Non poteva abbassare le difese e perdere la concentrazione. Paranoia.

"Bzz! Bzz!"

"I tuoi amici di Amburgo sono entrambi in vacanza. Ne stanno arrivando quattro da Hannover. Le fioriture sono più di quante credessi. Ho visto tre turisti in città che le ammiravano."

Sgranò gli occhi. Tre killer a braccarlo. I due agenti che avrebbero dovuto coprirlo, entrambi morti. Altri quattro agenti stavano partendo da Hannover ma il tempo stringeva e forse non sarebbero arrivati in tempo. Davvero una brutta situazione. Tutto sembrò fermarsi intorno a lui, restò per un istante come rinchiuso sotto la campana di vetro dei suoi pensieri, isolato dal resto del mondo.

L'esatta consapevolezza del rischio che stava correndo l'aveva investito come un pugno in pieno viso. Conosceva le regole di quel gioco: o lui o loro. Sudava freddo. Nei mesi in cui era stato un falso informatore russo, aveva rischiato la vita ogni giorno. Eppure tutto era andato bene ed era finalmente a un passo dal delineare la loro rete di spionaggio in Germania. Come avevano fatto a scoprirlo proprio ora? Qual era stata la sua imprudenza? Il treno continuava la sua corsa, mancava appena mezz'ora ad Amburgo. Chiunque poteva essere un nemico, chiunque poteva attaccarlo in qualsiasi momento e in qualunque modo. Si sentiva solo e sperso. Il controllore, un passeggero, un addetto alle pulizie: nessuno era escluso dai sospetti. Avrebbero potuto aggredirlo in stazione in una falsa rapina finita male, oppure avvelenarlo mentre mangiava, quindi non avrebbe potuto acquistare cibo e bevande fino all'arrivo in un posto sicuro. Oppure avrebbero potuto investirlo in strada ad Amburgo. La sua mente non trovava pace. L'idea della possibilità della morte imminente era un tormento.

Il tempo scorreva deciso come un treno. La resa dei conti si avvicinava. Non era sicuro usare i taxi, avrebbe dovuto spostarsi a piedi. Non poteva neanche rimanere ad aspettare le coperture in stazione: troppo esposto e troppo affollato. La cosa più sensata da fare era individuare un piccolo locale e aspettare che la zona fosse liberata.

Un quarto d'ora all'arrivo. Ormai c'eravamo: l'appuntamento col destino era imminente. Il cuore batteva forte. Dalla centrale nessuna novità, questa attesa era peggio della fine. Guardava la mappa satellitare sul telefono, perfezionava il suo piano. Sarebbe uscito dal retro della stazione e si sarebbe fermato in un piccolo locale che vendeva panini. A quell'ora non sarebbe stato molto frequentato, lì avrebbe atteso rinforzi e istruzioni. Poteva funzionare, forse ne sarebbe uscito vivo. Adesso aveva una piccola speranza di cavarsela.

Non era pronto a morire, avrebbe combattuto fino alla fine. Sentiva freddo dietro il collo, un'innaturale sensazione di gelo e calore contemporaneamente. Sentiva i muscoli tesi, il respiro veloce, il battito accelerato, una strana, folle sensazione di eccitazione. Controllare i pensieri era difficile, si sentiva impotente, completamente in balia di qualcosa che da solo non poteva combattere. Se solo avesse avuto i suoi colleghi a vigilare su di lui!

Il treno cominciava a rallentare, attraversando la periferia della città. La stazione era ormai vicinissima. Il viaggio era finito. Aveva la gola secca e una gran sete. Prese il trolley, con le mani tremanti, inserì la combinazione, lo aprì ed estrasse una bottiglietta d'acqua, ancora nuova.

Ne bevve un sorso, gli occhi si appannarono, la testa girò. Capì immediatamente che era finita. La donna seduta vicino a lui si alzò, gli tolse delicatamente la bottiglietta di mano e lo salutò sorridendo, come fosse un vecchio amico.

– Dasvidanya, Boris! Dóbrogo putí!

Buon viaggio. Boris non riuscì a rispondere né a muoversi, i colori viravano al grigio, la luce si affievoliva. Terrore. Rabbia.

Quindi era lei! Era lei l'agente che aveva il compito di eliminarlo, colei che doveva premere il grilletto. Come aveva fatto? Forse aveva sostituito la bottiglia quando era andato in bagno. Una distrazione fatale, quando ancora credeva di essere al sicuro. Forse addirittura a Düsseldorf, prima che salisse sul treno.

Era sempre stata seduta vicino a lui. Tutto il tempo. Come la morte che ci siede accanto per tutta la vita, accompagnandoci in silenzio e presentandosi solo quando si giunge all'ultima fermata.

"Bzz! Bzz!"

"Forse anche sul tuo treno ci sono turisti."

La donna ormai era sparita, gli occhi di Boris si chiusero, come in un sonno pesante dopo una lunga giornata impegnativa. Il treno entrava in stazione mentre una voce registrata annunciava la fermata. L'ultima fermata.

Amore deviato

di Stefania Bardani

Camminando, alzo il viso verso il sole e mi godo il tepore a occhi chiusi. Quando li riapro, vedo una giovane coppia venire verso di me. I loro corpi sono uniti, le mani infilate nella tasca posteriore dei jeans del compagno, il movimento delle anche morbido come le onde sulla risacca: si avvicinano, si allontanano leggermente e tornano a toccarsi in modo fluido mentre le teste si scambiano parole e risatine.

La mano appoggiata sul mio bacino mi artiglia con forza e incespico quando la mia gamba urta la sua in un movimento innaturale e forzato. Lo guardo e, notando la sua espressione cupa e severa, volgo lo sguardo a terra; la morsa si allenta.

Questa storia va avanti da un mese ed è già durata troppo.

Oggi è domenica ed è giorno di passeggiata: abbiamo percorso il lungomare in silenzio per tre volte senza incontrare nessuno, per fortuna, e senza parlare tra di noi, ognuno immerso nei propri pensieri. In questo mese non ho mai incontrato i suoi amici e, a questo punto, dubito che ne abbia. Nessuno sa che viviamo insieme e ci stiamo isolando sempre più.

Lo sbircio di sottecchi: osserva l'orizzonte a testa alta, quasi a sfidare il mondo. La stretta ferrea sul mio bacino ci rende difficoltoso camminare ma non esiste che possa allontanarmi da lui: mi ama e tutto quello che ama lo tiene vicino.

Con una mano sola, quasi come un gioco di destrezza, estrae l'ennesima sigaretta dal pacchetto e l'accende, facendola poi pendere mollemente dal labbro. Dalla strada che ha preso capisco che ci stiamo dirigendo verso casa. Sono solo le 17:00 e il sole è ancora alto ma la domenica è finita e si deve tornare.

Apre il portone di una casa vecchia e stretta e io entro per prima, salgo la breve rampa di scale accompagnata dal rumore delle quattro mandate di chiusura della porta blindata, entro in soggiorno e accendo la luce. Non ripeterò più l'errore di aprire le persiane: l'ultima volta mi ha spinto contro il muro agitandomi il pugno in faccia e urlando così tanto che pensavo ci sentissero fino in piazza.

Non approva che io stia alla finestra: la gente potrebbe pensare che sono una poco di buono.

Lui si siede sul divano, si accende una sigaretta e afferra il telecomando. Non ho voglia di guardare la TV, così mi siedo al tavolo del soggiorno e sfoglio una rivista. Me le compra Lui, le riviste, perché alcune non sono adatte alle donne. *Certi editori andrebbero ammazzati, viste le porcherie che pubblicano.*

Lo sento saltabeccare velocemente da un canale all'altro cercando qualcosa di decente che non trova; per cui, innervosito, spegne la televisione, lancia il telecomando sul divano e si volta verso di me.

– Non c'è mai niente da guardare, eppure ci fanno pagare il maledetto canone.

Ci guardiamo e gli concedo un sorriso comprensivo. Nell'ultimo mese l'ho fatto pochissime volte: da quando stiamo insieme, ha spento la mia allegria e da allora non gli concedo nulla del mio cuore e della mia anima, solo tutta la mia attenzione.

– Niente di interessante?

– No.

Torno alla mia rivista mentre lui continua a guardarmi.

– Questa sera usciamo a cena. – Non è una domanda. Lui non domanda mai: afferma.

Lo guardo stupita. – Dobbiamo festeggiare qualcosa? – chiedo in tono neutro.

Fa spallucce. – Ci meritiamo un po' di relax, no? – E fa un mezzo sorriso. È bello quando sorride. I lineamenti si distendono, gli occhi diventano più luminosi e gli vengono quelle fossette sulle guance... Oh mamma, quelle fossette! Credo che siano la cosa che mi ha attratto di più la prima volta che ci siamo visti.

– Certo! – rispondo. – Prima delle ferie hai lavorato come un mulo e un po' di relax te lo meriti davvero. Dove andiamo di bello?

Lui sprofonda nel divano. – Al lavoro mi hanno parlato bene di un giapponese vicino alla tangenziale.

– Ah! Aspetta, dici il WOK? Quello che ha aperto nemmeno un anno fa? Lì si mangia bene davvero! Fanno del sushi da favola – rispondo con entusiasmo. Un attimo dopo capisco di aver detto la cosa sbagliata.

– Quando ci sei stata? – domanda in tono tagliente.

– A giugno, mi pare. Per il compleanno di Marina.

Non sorride più e mi fissa, indagatore. Sostengo il suo sguardo e rimaniamo a lungo in silenzio.

– Ci va il tuo amante? – mi chiede.

– Il mio amante? Ma di cosa stai parlando?

– È per quello che ci vuoi andare? – insiste.

Io sono sbigottita. Non mi aspettavo questo capovolgimento della situazione. Sono infastidita e vorrei sbuffare e dirgli di piantarla di fare lo scemo ma so che peggiorerei le cose, per cui rifletto rapidamente cercando il modo più indolore per uscire dall'impasse.

– Guarda che sei stato tu a proporlo. Non ci vuoi andare? Non ci andiamo. Sai che me ne frega – concludo, tornando a sfogliare nervosamente la rivista.

Lui mi osserva, poi alza un braccio e lo agita nella mia direzione. Lo sguardo è ancora severo ma so cosa vuole: lo raggiungo sul divano e mi accoccolo *sotto la sua ala protettrice*.

– Lo sai quanto ti amo? – mi chiede, e io annuisco.

Appoggiata alle sue costole sento il cuore battere e la sua voce mi arriva un po' distorta.

– Sei la donna della mia vita. L'ho capito dal primo momento che ti ho vista.

Sollevo la testa e lo guardo da sotto in su.

– I tuoi capelli ramati mi hanno stregato. Devi essere una strega. Non mi sono mai veramente innamorato prima.

Gli regalo un sorriso caloroso. Sono gli occhi che fanno la differenza tra un sorriso vero e uno di circostanza. Se sorridono, il sentimento è sincero, e adesso i miei occhi non sorridono: lo studiano.

Ogni volta che fa o dice qualcosa provo a prevedere dove andrà a parare. È un soggetto di studio veramente interessante, sembra che nella sua testa ci sia un flipper in cui la pallina rimbalza senza sosta e, a seconda di dove sbatte, può cadere nella buca oppure andare in TILT. Mi abbraccia senza ferocia questa volta: al sicuro in casa non vi sono minacce esterne né "pianta-grane" a cui far capire che io sono la sua donna. Qui può rilassarsi.

– Tu mi ami? –mi domanda. – Non me lo dici mai. Mi concedo una piccola pausa di riflessione, poi alzo la testa dal suo torace e lo fisso.

– Ma certo che ti amo. Che domande fai? – Le mie sono parole prive di sentimento ma lui non lo capisce. – Quando ti ho conosciuto sorride-vi spesso e adoro le meravigliose fossette sulle tue guance – aggiungo, concedendogli un po' di verità mentre con una mano gli accarezzo il viso. Gli regalo parole e gesti vuoti che lui non riconosce come tali e considera reali.

– D'accordo, allora. Andiamo da questo giap-ponese.

– Bene. Vado a farmi una doccia e a cam-biarmi.

Mi alzo, mi sposto in camera e dopo aver ro-vistato nell'armadio butto sul letto la gonna e la camicia che sto pensando di indossare; guardo indecisa le scarpe e noto, in un angolo, il favo-loso paio di sandali tacco 12 che non metto da tempo. Li recupero e li poso sotto alla gonna, ai piedi del letto. Mentre studio la mise, entra anche Lui in camera e osserva gli abiti.

– Che dici? – domando. – Ci stanno bene i sandali?

Lui non risponde e io sollevo gli occhi al cielo sbuffando in silenzio: la pallina del flipper oggi mi sta facendo dannare.

– Sei una zoccola. Vuoi uscire conciata così? – domanda.

– Ma, amore, la gonna arriva al ginocchio e la camicia ha le mezze maniche. Le zoccole sono vestite in modo ben diverso – dico in tono lagnoso. La sberla, che mi arriva forte e inaspettata sulla nuca, mi fa cadere prona sul letto. Sono troppo sbigottita per provare dolore, ma un'ira profonda comincia a crescermi dentro. Questo psicopatico sta veramente esagerando, adesso: oltre alle minacce, passa anche alle maniere forti? Mi metto carponi e mi volto a guardarlo, quando arriva la seconda sberla in pieno viso che mi manda distesa sul letto. Ora il male lo sento e brucia come fuoco su tutta la guancia.

– Non permetto che la MIA donna vada in giro conciata così! – urla. Dà un calcio alle scarpe, che finiscono sotto il comò, e strappa la gonna.

Lo guardo allibita, senza paura, con una rabbia furiosa che continua a montarmi dentro. Vorrei ripagarlo con la stessa moneta ma devo calmarlo.

– Tesoro! È solo una sottana: fa caldo per mettere i pantaloni.

Lui, ancora furibondo, ansima, si passa una mano tra i capelli e si accende la millesima sigaretta cercando di calmarsi. Il posacenere in camera deborda di tentativi di calmarsi.

– Se tu mi amassi come dici, non ti vestiresti come una zoccola – ribatte con tono secco ma poi nota l'impronta della sua mano sulla mia guancia e si agita. Mi raggiunge sul letto e, mentre io cerco di allontanarmi temendo una seconda razione di botte, mi afferra per un braccio e se ne esce con un: – Mi dispiace: non volevo colpirti. Ma è colpa tua, non ci si comporta così quando si ama qualcuno, devi impararlo!

Ci guardiamo e i suoi occhi tristi annegano nel gelo dei miei.

– Smettila di picchiarmi – intimo secca.

Lui annuisce, facendo cadere la sigaretta sul letto. La spegniamo freneticamente ma il copriletto è rovinato.

– Ci farai ammazzare con questo vizio del fumo, e la casa puzza. Apro la finestra per cambiare un po' d'aria – affermo alzandomi in piedi.

In genere dopo il TILT Lui si calma e diventa ragionevole per qualche minuto ma non oggi: oggi continuo a dire le cose sbagliate.

Il suo sguardo s'indurisce, mi strattona facendomi cadere supina sul letto e, con la mano libera, mi schiaccia contro il letto con tutto il suo peso, togliendomi il fiato.

– Te l'ho detto mille volte di non avvicinarti alla finestra! – urla con un ghigno rabbioso sul volto.

Gli pianto le unghie in faccia mirando agli occhi e mi lascia andare per proteggersi. Questa è una lotta per la vita e Lui non l'avrà vinta. Le sue mani mi bloccano i polsi e io ne approfitto per rifilargli una testata sul naso con tutta la mia forza. Gridando di dolore, mi cade addosso; io lo scanso e mi metto a sedere sul letto, osservandolo con disprezzo.

L'inatteso epilogo lo ha fatto calmare e ora geme piano tastandosi il naso. Il mio respiro è tornato alla normalità ma, riflessi nello specchio, vedo distintamente i segni rossi delle sue dita. Li sfioro e penso che devo andarmene il prima possibile: è decisamente fuori di testa.

Lui si alza traballante e si dirige in bagno.

– Preparo un po' di tè – dico alle sue spalle. – Se hai bisogno di aiuto, chiamami.

Lui non risponde e scompare dietro una porta.

Vado in cucina, metto a scaldare l'acqua e intanto lo sento muoversi per la casa.

Quando mi raggiunge, con una sigaretta in mano, ha un'espressione neutra ma il naso è gonfio e sta cominciando a scurirsi. Si siede a un'estremità del tavolo, spegne la sigaretta nel portacenere ricolmo e mi guarda. Credo che mi stia vedendo per la prima volta. Porto in tavola le due tazze fumanti con i filtri in infusione e ci sediamo l'uno di fronte all'altra, riflettendo in silenzio per qualche minuto.

– Non possiamo più continuare così – dico in tono piatto.

Lui annuisce lentamente e mi spiega:

– La lite di oggi è stata solo colpa tua. Lo sai che non puoi lasciarmi, perché non troveresti nessuno che ti ama come me, ma non vuoi accettarlo. La tua vita sarebbe vuota senza di me, la tua anima mi appartiene. Non so più quante volte te l'ho detto ma tu continui a ribellarti. Devi ascoltarmi.

Sorseggiamo il tè e lui, con una smorfia, aggiunge qualche cucchiaino di zucchero mescolando lentamente.

– Tu sei quella giusta, lo so – afferma fissando la tazza. – Io ti amo, avremo dei figli e saremo una famiglia.

Lo ascolto in silenzio, cercando di immaginare il caos nella sua testa.

Beve un'altra generosa sorsata ma evidentemente è ancora troppo amaro e allontana la tazza con una smorfia disgustata.

– Io non voglio più prendere botte da te. È stata la prima e ultima volta che mi metti le mani addosso – affermo. – Mi sono interrogata diverse volte sul motivo che può averti spinto a diventare così, ma alla fin fine credo che non conti chi o cosa ci abbia portato a essere come siamo, conta solo se l'abito che indossiamo ci piace oppure no e, nel tuo caso, credo che la risposta sia affermativa. Anch'io amo l'abito che indosso e non voglio cambiarlo ma è troppo diverso dal tuo per riuscire a convivere. A volte capita che mondi tanto diversi, come i nostri, collidano e che uno come te incontri una come me ma io non ho la sindrome della crocerossina e non ho intenzione di legare la mia vita a una persona violenta, per cui me ne vado.

Lui mi guarda, incredulo, con un sorriso sbieco. – Cosa stai dicendo? Non posso lasciarti andare via. Ti amo troppo.

Mi appoggio allo schienale della sedia e ci studiamo reciprocamente. Il suo naso si è gonfiato ancora e adesso ci sono ombre scure anche intorno agli occhi.

– Vivere insieme è stato… interessante – gli confido in tono colloquiale. – Ti credevo più innocuo di quello che sei. Per meglio dire, avrei voluto che tu fossi più innocuo per non essere costretta a fare quello che devo.

Mi guarda con un'espressione interrogativa.

– Devi capire che quello che ci ha legati in questo mese non è amore: tu non hai idea di cosa sia l'amore. In questo periodo ti ho studiato come una cavia da laboratorio, perché volevo vedere fin dove sarebbe arrivata la tua follia. Sei pericoloso e voglio che tu sparisca per sempre.

Si muove a disagio sulla sedia, passandosi una mano sul torace.

– Cos'hai? – domando.

– Mi sento strano – dice asciugandosi il sudore dalla fronte, con il respiro affannato. – Sarà lo stress causato da questa inutile discussione.

Io annuisco pensierosa giocherellando con il cucchiaino. – Più probabilmente saranno le troppe sigarette che fumi; te l'ho sempre detto che ti fanno male. Ti ho parlato di mia sorella, vero?

Lui annuisce.

– Ti ho detto che è morta in un incidente stradale ma non è andata esattamente così. In realtà aveva conosciuto uno come te ma, a differenza di me, lei era giovane, ingenua e innamorata. Anche *lui*, come te, diceva di "amarla troppo". I nostri genitori e io abbiamo provato diverse volte a convincerla a tornare a casa ma lei non ha mai voluto farlo perché *lui* diceva di amarla ed era riuscito a convincerla. Una sera, mia sorella non ha telefonato a nostra madre come faceva ogni giorno dopo cena: *lui* l'aveva massacrata di botte e l'aveva portata all'ospedale dicendo che era stata investita da un pirata della strada. Noi lo venimmo a sapere solo il giorno successivo, dopo una notte insonne, perché lui non aveva ritenuto necessario avvisarci. *Lui*, il fidanzato, era in ospedale a occuparsi di tutto. I medici si resero conto rapidamente che non si era trattato di un incidente stradale ma lei non volle sporgere denuncia e morì due giorni dopo, per le ferite riportate. – Mi trema la voce: mi emoziono sempre quando parlo di Lena.

Lui riflette in silenzio, per qualche istante, poi domanda: – Perché l'ha picchiata? Cosa aveva fatto?

Lo guardo, incredula, e sento il mio cuore accelerare.

– Questo vuoi sapere? Cosa aveva fatto per meritarsi di finire ammazzata di botte? È questa la cosa importante per te? Vuoi valutare se ha esagerato o se ha fatto bene? – Il sangue mi sale al cervello e il viso mi s'infiamma. – Sai qual è il vero nodo della questione? Che non ha fatto un giorno di galera ed è stato libero di rovinare la vita di altre ragazze. Io non ho potuto fare niente per impedirlo e di questo mi rammarico ogni maledetto giorno: non ho potuto salvare lei né le altre donne che quella BESTIA – sibilo a denti stretti, fissandolo – ha incontrato sulla sua strada.

Lui si muove a disagio sulla sedia percependo l'ira che mi pervade.

– Fortunatamente ho trovato il modo di rimediare, almeno in parte, al senso di colpa che mi devasta ogni giorno, incontrando te. All'inizio non ti avevo inquadrato bene e mi piacevi davvero, ti giochi bene le carte e ti tieni sempre sul filo del rasoio ma alla fine la tua vera natura è venuta fuori. Prima ti ho detto che io e te veniamo da mondi lontani ma forse, alla fin fine, non siamo poi così diversi: abbiamo entrambi un nucleo oscuro nel profondo. – Con un mezzo sorrisetto spiego: – Nella tua tazza ho messo in infusione anche qualche mozzicone di sigaretta, oltre al tè. È per questo che stai tanto male: la nicotina è un veleno molto potente.

Lui spalanca la bocca in un'espressione incredula e mi scappa una risatina che non nascondo.

Il mondo gli si sta sgretolando sotto i piedi e non è preparato ad affrontare la situazione.

– Stai mentendo – ansima portandosi una mano alla gola.

– Non resta che aspettare e vedere... – dico appoggiandomi, rilassata, alla spalliera della sedia. – Pare che tu stia avendo problemi a respirare! – Sbircio l'orologio e annuisco. – Sì, venti minuti. Sta cominciando. Ci metterai circa quattro ore a morire. Io non ho fretta, e tu? – domando.

Il predatore è diventato preda e non è abituato a pensare come tale. Si alza per raggiungere il telefono e cercare aiuto, ma incespica e lo trattengo sulla sedia con poca difficoltà.

– Non agitarti, che è peggio... chissà quante donne hai ferito prima di me e quante altre ne avresti ferite dopo! Lo capisci anche tu che non posso lasciarti andare. Cosa si prova a essere la vittima? – gli chiedo, avvicinando il mio viso al suo e fissandolo negli occhi.

– Portami in ospedale e non ti denuncerò – ansima ancora. – Diremo che è stato un incidente. Non puoi pensare di passarla liscia: ti troveranno! – rantola disperatamente afferrandosi ai bordi del tavolo, mentre il veleno continua lentamente a paralizzargli i muscoli.

– Certo che la passerò liscia! Entrambi siamo ormai senza una famiglia, io sono in vacanza e nessuno sa che sono venuta qui. Non mi hai mai presentato i tuoi amici e vivi in una casa in mezzo a molte disabitate, in un vecchio quartiere periferico. Quando ti troveranno sarò sparita da un bel pezzo e, visto che sono incensurata, le mie impronte porteranno solo a un vicolo cieco.

Prendo il bollitore con l'acqua ancora calda e gliene verso un po' nella tazza.

– Gradisci altro tè? – domando con un sorriso mentre i suoi occhi lucidi e impotenti mi stanno guardando con odio.

La casa dei sogni

di Luca Caneva

Paolo pensava di avere le allucinazioni; dopo essersi strofinato gli occhi quasi istintivamente, vide con chiarezza quello che mai avrebbe potuto immaginare. Chiara, la sua fidanzatina da ben due anni, stava ammiccando e abbracciando un signore di mezza età in uno dei bar di piazza Gramsci, la zona di Potrignago dove tutti si ritrovano a fine giornata per l'aperitivo o le chiacchiere attorno ai tavolini dei numerosi locali.

Si nascose alla vista dietro a un'auto parcheggiata e continuò a osservare scattando qualche foto con il suo cellulare Samsung, che Chiara gli aveva regalato per il suo ultimo compleanno.

Dentro di lui la rabbia montava: avrebbe voluto chiarire in modo brusco facendo una scenata davanti a tutti per mettere Chiara in imbarazzo, ma la Chiara che lui conosceva non era neppure lontanamente la persona che avrebbe potuto fare una cosa fuori dall'ordinario. Figlia di un professore di lettere e di un'infermiera impegnata nel sociale e nella chiesa parrocchiale, era cresciuta conoscendo solo principi sani ed esempi illuminati dai propri genitori: era figlia unica e adorata dai nonni e da tutti i conoscenti, viveva in una bolla di amore e proiettava un'immagine positiva e rilassata della sua giovinezza.

Ottima alunna del locale liceo scientifico dove, probabilmente influenzata dal padre, eccelleva nei voti e spiccava per un'attitudine allo studio della letteratura, aveva conosciuto Paolo durante una gita organizzata a Budapest, alla quale in compagnia dei genitori si era recata due anni prima: lui era con amici per un weekend e l'incontro fu assolutamente casuale. Erano entrambi in un locale del centro e lei lo aveva chiamato sfoggiando un inglese quasi perfetto, avendolo scambiato per un cameriere, vista la sua t-shirt nera come quella dei dipendenti. La risata fu immediata e c'era qualcosa in quel sorriso che l'aveva ipnotizzata: le sue scuse imbarazzate furono il preludio a uno scambio di chiacchiere assolutamente spontaneo e rilassato, come se si conoscessero già da tempo, forse quell'alchimia che poche volte nella vita si riesce a vivere con un altro essere umano.

Tornati alla vita di tutti i giorni nel paese tranquillo di provincia, avevano cominciato a frequentarsi con sempre maggiore assiduità e ormai Paolo era entrato in confidenza anche con i genitori di Chiara, che lo invitavano spesso a cena e avevano stima per il ragazzo che faceva felice l'adorata figlia, nonostante non avesse proseguito gli studi e lavorasse senza grande entusiasmo nella carrozzeria del padre.

Il giorno dopo quello strano episodio, Paolo era andato a casa di Chiara a prenderla, per trascorrere un sabato pomeriggio come tanti altri: giretto al centro commerciale e serata in pizzeria. E prendendo il cellulare di tasca le aveva mostrato una delle foto scattate il giorno prima.

La reazione di Chiara fu assolutamente divertita: senza mostrare il minimo imbarazzo, gli disse che era in compagnia del suo vecchio allenatore di pallavolo, sport che lei aveva abbandonato un anno prima a causa dell'impegno inconciliabile con la scuola e con i corsi di lingue, che le impedivano di essere assiduamente presente agli allenamenti.

Disse di averlo incontrato per caso e di aver accettato di bere qualcosa con lui chiacchierando della stagione sportiva della squadra, chiedendo notizie delle sue ex compagne, mentre lui voleva sapere del suo rendimento scolastico e dei suoi progetti futuri.

Deluso dalla risposta, Paolo aveva chiesto a Chiara il motivo di quella confidenza eccessiva. Lei disse che nella squadra era sempre regnato un clima aperto e rilassato, ribadendogli che non aveva motivo di pensare male di lei e che avrebbe potuto anzi invece unirsi a loro, invece di osservare di nascosto; si sarebbe reso conto che si trattava una situazione normalissima.

Passarono le settimane in tranquillità, fino a che, un giorno a casa di Chiara, mentre lei era a fare la doccia e lui la attendeva leggendo distrattamente un giornale, il cellulare lasciato da lei in camera incominciò a ricevere una sequenza di sms. La curiosità di Paolo lo portò a sbirciare e riuscì a leggere, prima che Chiara uscisse dalla porta del bagno, l'ultimo dei messaggi, che diceva:

venerdi 16:30 finalmente libero
ci vediamo al solito ciao

Chiara lo salutò tornando in camera con bacio e un buffetto sulla guancia, che lui ricambiò teneramente, fingendo di tornare a leggere, mentre lei si vestiva: sarebbero usciti per incontrare amici al pub del paese, dopo la consueta cena in compagnia dei suoi genitori.

Paolo fece mente locale tra gli impegni abituali di Chiara durante la settimana, e ricordò distintamente quello del venerdì: il corso di inglese avanzato che frequentava da un paio di anni alla british school del paese, in compagnia di una decina di allievi, che lui aveva conosciuto la volta in cui lei gli aveva chiesto di andare a prenderla.

Si trovava in una situazione mai vissuta prima. Dentro di sé macinava pensieri, dubbi, risentimento e vergogna per quel malessere interno che non aveva una motivazione concreta, ma per la prima volta da quando si erano conosciuti lo faceva sentire insicuro: non poteva credere che la dolcissima Chiara gli nascondesse qualcosa, si erano sempre detti tutto.

Non era mai stato geloso di altre fidanzate e, tantomeno, di Chiara: soprattutto visto il suo carattere e la sua indole cristallina. Quindi volle togliersi ogni pensiero. Ricordò di avere come amico Facebook un compagno di corso di inglese di Chiara, e gli scrisse questo messaggio:

> *ciao sono Paolo il fidanzato di Chiara so*
> *che frequentate lo stesso corso di inglese*
> *volevo fare una sorpresa a Chiara per*
> *il nostro anniversario mi sapresti dire*
> *a che ora è la lezione venerdì?*

Passarono i giorni ma nessuna risposta arrivò. Forse il tipo non usava spesso Facebook; o forse invece Paolo si era preso confidenza eccessiva, inviando quel messaggio, o magari era stato cestinato involontariamente, o chissà che altro. Quasi aveva dimenticato di averlo mandato, quando un giorno... il gelo si impadronì del suo corpo.

*ciao piacere di sentirti mi spiace ma
Chiara ha abbandonato il corso da un
mese circa pensavo ne aveste parlato*

Per la prima volta, decise di non farne parola con Chiara: avrebbe agito diversamente.

Venerdì, come tutti i giorni della settimana, usciva dal lavoro alle 18; quindi chiese al padre il permesso di assentarsi almeno due ore prima, asserendo di dover visionare una vettura da riparare di un amico che al momento non poteva portarla in carrozzeria.

Non sapeva realmente cosa fare: di sicuro in tutta la sua vita non aveva mai avuto necessità di pedinare qualcuno e dubitava di esserne capace. Decise di attendere in auto a un centinaio di metri dalla casa di Chiara e osservare dove si sarebbe diretta, una volta uscita.

Trascorsero i minuti e nulla accadde: dalla casa non uscì nessuno e ormai erano le 16:20.

A un tratto vide uscire dal cancello della bella villetta l'auto della madre con a bordo Chiara: per un istante esitò, sentendosi ridicolo, ma poi mise in moto e rimase a debita distanza.

La vettura uscì dal perimetro urbano e imboccò una via sterrata sulla destra, in campagna.

La strada era stretta e se fosse arrivato troppo vicino lo avrebbero riconosciuto: quindi si fermò all'incrocio e lasciò passare qualche minuto prima di ripartire.

Quando ebbe percorso un km di strada ghiaiosa, giunse a un altro bivio: a sinistra la strada proseguiva con la medesima ampiezza di carreggiata, mentre a destra si stringeva ulteriormente, facendo temere a Paolo di danneggiare le fiancate con le piante e i rovi ai due lati.

Nei pressi dell'incrocio c'era un piccolo spiazzo riparato da una macchia di alberi: così decise di lasciare l'auto e proseguire a piedi. Dopo aver percorso non più di duecento metri, vide sulla sua destra un vasto spazio erboso recintato, e al centro una casa indipendente con diverse vetture parcheggiate, tra le quali riconobbe quella della madre di Chiara.

Dall'esterno non riusciva a vedere nulla: tutte le finestre avevano pesanti tendaggi che oscuravano completamente l'interno dell'abitazione. Così decise di accovacciarsi dietro un albero e aspettare.

Pochi minuti dopo, un'altra auto entrò nella proprietà: era una vettura di lusso, con vetri oscurati e, forse, una targa straniera. Dall'auto scese l'autista, che andò ad aprire la portiera posteriore, da cui uscì un signore anziano e ben vestito, che sembrava essere atteso, perché immediatamente la porta di casa si aprì, e il vecchio scomparve dentro.

Dopo circa un paio d'ore, quando ormai stava facendo buio e Paolo stava per tornare alla sua macchina, finalmente la porta si aprì, e Paolo vide uscire prima la madre di Chiara e, subito dopo, lei. Entrarono subito in auto ma Paolo fece in tempo a notare un particolare curioso: Chiara era insolitamente vestita in modo elegante, con una gonna stretta e scarpe col tacco. Lei che usava quasi sempre scarpe basse e abbigliamento casual, anche quando uscivano la sera.

Fece attenzione a nascondersi bene, quando l'auto uscì dalla proprietà, e rimase ancora un'altra mezzora, nella quale nessun'altra vettura partì. Raggiunse la sua auto parcheggiata all'incrocio, appena dietro il boschetto, mise in moto e tornò a casa, continuando a rimuginare su quello che aveva visto.

All'esterno di quella casa non aveva visto nessun civico o campanello. Ma forse erano in un punto in cui per vederli avrebbe rischiato di farsi notare; cosi decise di guardare su Internet seguendo le indicazioni della strada fatta, per capire a chi potesse appartenere quella casa. Non essendoci molte altre abitazioni nei paraggi, risalì abbastanza facilmente a un agriturismo chiamato "La casa dei sogni", privo però di sito web, e senza ulteriori informazioni, se non un numero telefonico. Ormai era chiaro che il tarlo lo avrebbe divorato se non avesse chiarito la situazione e cosi decise di comporre quel numero fingendosi un possibile cliente, ma una voce femminile registrata avvertiva che la struttura era chiusa per rinnovo locali fino a data da destinarsi e che nessuna prenotazione sarebbe stata accolta fino al ripristino del sito Internet dedicato.

Quella sera non aveva appuntamento con Chiara. Lei gli aveva mandato scritto in un messaggio che aveva parecchio da studiare per un compito in classe la mattina seguente e così rimase sul divano con la televisione accesa, completamente assorto nei suoi pensieri. Fin quando qualcosa gli balenò all'improvviso in mente.

Dopo una breve ricerca su Internet della squadra di pallavolo per cui era stata tesserata Chiara, trovò le foto delle ragazze delle varie categorie e dei tecnici che le seguivano: tra di essi, riconobbe l'uomo che aveva visto in compagnia di Chiara al bar in piazza.

Di ogni tecnico, così come dei dirigenti, c'erano numeri telefonici e indirizzi di contatto. Si appuntò quello che gli interessava.

Claudio Moris strada
vicinale paganica 22

Era a meno di un chilometro da dove era stato nel pomeriggio.

Tornò su Facebook e digitò il nome, trovando un Claudio Moris perfettamente coincidente con l'uomo visto con Chiara; tra le sue amicizie, oltre alla stessa Chiara, era presente anche la madre.

Scorse le foto caricate sul profilo: molte lo ritraevano in palestra durante allenamenti e partite, o in serate al ristorante con le atlete e i dirigenti. E dopo qualche minuto, un'immagine catturò la sua attenzione.

Era una foto della squadra in divisa sociale scattata all'aperto con sullo sfondo "La casa dei sogni". Probabilmente, l'agriturismo era stato in passato la sede di un ritiro, o uno degli sponsor del sodalizio.

E in un'altra foto, tra le persone raccolte intorno a un tavolo da gioco insieme allo stesso Moris, c'era il padre di Chiara, che riconobbe anche in altre immagini, sempre in compagnia di Moris e sempre in situazioni di gioco d'azzardo, in casinò o in altri ambienti che non fu in grado di identificare. La vicenda si faceva sempre più complicata. Paolo non riusciva a credere che una persona dello spessore e integrità del padre di Chiara potesse condividere qualcosa con un individuo come Moris. Poi, in un post di circa tre mesi prima sul profilo di Moris, trovò tra i commenti anche uno del padre di Chiara:

ancora una Claudio

E la risposta di Moris era stata

sei a meno 100 non ti posso più coprire

La mattina successiva lo svegliò un dolce messaggio di Chiara, che lo invitava a pranzo a casa sua. Il pasto trascorse come tante altre volte in tranquillità; successivamente, i ragazzi si ritirarono in camera di Chiara, e qui lui decise di fare una mossa per sondare il campo.

Chiese a Chiara se poteva accompagnarla alla lezione di inglese fissata per il giorno dopo, asserendo di voler chiedere informazioni per conto di un amico; ma lei rispose di poter fare il favore al suo amico senza che lui si disturbasse.

In seguito alle sue insistenze Chiara fu costretta ad acconsentire e si accordarono per le 16 del giorno dopo. A quel punto Paolo si aspettava un passo falso da parte di Chiara che avrebbe finalmente chiarito la vicenda sempre più misteriosa. Nel primo pomeriggio ricevette un sms:

scusa ma credo di avere l'influenza direi meglio se rimandiamo bacio

A quel punto, decise di andare in auto vicino a casa della fidanzata e attendere a distanza per vedere quello che sarebbe accaduto. Appena arrivato, scorse sotto casa un'auto mai vista prima; non trascorsero neppure dieci minuti, che vide il signor Moris scendere le scale; l'uomo allungò alla madre di Chiara una voluminosa busta e, dopo averla salutata confidenzialmente, rientrò nella vettura, fece un rapido cenno con la mano a Chiara che si era avvicinata alla finestra e si allontanò in un attimo dal quartiere.

Paolo corse a suonare il campanello e la mamma di Chiara, dopo averlo riconosciuto dallo spioncino, gli aprì la porta con un sorriso appena accennato, dicendo: – Ciao! Pensavo vi foste sentiti…Chiara sta poco bene, penso che oggi non se la senta di uscire né di vedere nessuno, le dico che sei passato, sicuramente stasera ti chiamerà.

Paolo allontanò dalla porta la donna e si precipitò in camera di Chiara urlando: – O MI SPIEGATE COSA STA SUCCEDENDO, OPPURE VI DISTRUGGO LA CASA!!!

Il padre di Chiara, dopo aver cercato invano di fermare Paolo, aveva preso il telefono per comporre il numero della polizia, quando dietro di lui comparve Chiara che glielo tolse dalle mani dicendo: – Papà è finita, non possiamo più andare avanti così!

Con il padre bloccato e la madre che aveva incominciato a piangere sommessamente, Paolo si era avvicinato a Chiara con fare minaccioso e, strattonandola per un braccio, sbraitavò: – ASCOLTA, NON SO COSA STIA SUCCEDENDO MA CREDO TU MI DEBBA DELLE SPIEGAZIONI. SO CHE MI HAI MENTITO E SO CHE C'ENTRA MORIS, L'HO APPENA VISTO USCIRE DA CASA VOSTRA E VI HO SEGUITO VENERDÌ SCORSO E DEVI DIRMI COSA FACEVI ALLA CASA DEI SOGNI SUBITO!!!

Così scoprì che il padre di Chiara aveva da anni l'insospettabile vizio del gioco: dalle scommesse ai casinò ai tavoli di carte in circoli privati in cui era stato introdotto da Moris senza che la moglie ne sapesse nulla. Fino a quando i risparmi di una vita apparentemente agiata si erano assottigliati e lei ne era venuta a conoscenza rispondendo per caso al telefono a un impiegato della loro banca che li richiamava perché il conto era ormai da diversi mesi in rosso.

La moglie, inspiegabilmente, non ne aveva fatto parola con il marito e aveva contattato l'amico Moris per saperne di più. La sorpresa era stata agghiacciante: i debiti contratti ammontavano ad alcune centinaia di migliaia di euro. Per la maggior parte si trattava di prestiti a usura, il resto erano perdite effettive di gioco.

Furibonda, non voleva tuttavia che la cosa venisse alla luce per non rovinare il buon nome della famiglia; e così aveva incontrato Moris,

chiedendogli una soluzione per rientrare nel più breve tempo possibile. E la risposta era stata:
– M'imbarazza dirtelo, ma se vuoi recuperare in fretta il tuo denaro conosco un posto a pochi chilometri da qui, "La casa dei sogni". Dopo di essere fallita come azienda agrituristica, oggi accoglie, nell'assoluto anonimato, facoltosi uomini di affari che pagano lautamente per avere incontri sessuali con ragazzine. Io ho rapporti stretti con uno dei proprietari, che vuole ovviamente sia mantenuto il massimo riserbo su cosa accade, e comunica gli appuntamenti e descrive le ragazze che partecipano attraverso delle chat riservate. So di metterti davanti a una decisione terribile, ma è l'unica per risalire dal baratro in cui state scivolando.

Quando la madre ne aveva parlato a Chiara, era stata sorpresa di trovarla disposta ad accettare di vivere quell'esperienza orribile; ma sapeva che la figlia adorava il padre oltre ogni cosa e avrebbe fatto di tutto perché la famiglia tornasse felice come era sempre stata.

Nell'ascoltare quelle parole, Paolo si sentì svenire e cercò una sedia per appoggiarsi. Era impallidito e sull'orlo di una crisi di nervi, voleva capire come la sua fidanzata avesse potuto mentirgli per tutto quel tempo, quando a un tratto un colpo di arma da fuoco ruppe il silenzio. Proveniva dalla camera da letto, dove trovarono il corpo del padre, riverso, pistola ancora in mano, in una grossa macchia di sangue che sgorgava dal cranio perforato dal proiettile con il quale aveva deciso di togliersi la vita.

Sei ore prima dell'esecuzione

di Nunzio Ciullo

Una luce si puntò su di lui e ne rivelò la presenza. Come se non avesse potuto prevederlo, si accorse di avere addosso gli sguardi di tutti i presenti e si sentì circondato.

Sei ore prima si era svegliato di buon'ora, quando fuori stava iniziando a fare buio. Era un quarto alle quattro quando aveva guardato l'orologio, un pomeriggio qualsiasi di dicembre. Sentendosi abbastanza riposato, aveva deciso di prepararsi per il lavoro. Aveva indossato una camicia bianca, un abito scuro e delle scarpe nere, così come gli era stato indicato. Non avendo un cravattino nero, lo aveva chiesto in prestito al suo vicino (un odontoiatra di un certo credito, da quelle parti), il quale glielo aveva garbatamente concesso, non senza qualche esitazione. Tuttavia, aveva deciso di indossarlo più tardi, per non sentirsi troppo osservato. Aveva preso la custodia nera, contenente gli attrezzi del mestiere, si era infilato il cappotto ed era uscito in strada.

L'auto era parcheggiata in fondo al viale. Si era avviato in quella direzione con moderata fretta, senza smettere di tenere gli occhi socchiusi a causa del freddo pungente. Dopo aver praticamente annullato la distanza che lo separava dal vecchio coupé, si era fermato a osservarlo per qualche secondo, come se lo stesse rivedendo dopo molto tempo. La vernice negli anni aveva perso la sua originaria brillantezza ma il colore che sottendeva aveva conservato un tono vivido: aveva guardato i fanali, gli era sembrato che sorridessero. Queste impressioni lo avevano confortato, incoraggiandolo a mettersi in viaggio. Prima di partire, comunque, aveva pensato di controllare il numero di sigarette nel pacchetto. Sei. Quindi, aveva deciso di non fumarne alcuna, se non dopo aver terminato l'esecuzione. Era riuscito a ottenere, non senza qualche difficoltà, il suo primo ingaggio, perciò voleva restare il più possibile concentrato.

Il tragitto che conduceva dalla zona in cui era parcheggiato il coupé al luogo eletto per l'occasione era stato piuttosto semplice da compiere, dal momento che gli erano state fornite indicazioni adeguate, al riguardo. Quando era arrivato sul posto stava quasi calando la sera. Non aveva sentito affatto il peso del viaggio, anzi, in casi come questi preferiva guidare personalmente (invece che spostarsi in taxi, come certi suoi colleghi), poiché in tal modo riusciva a mantenere piuttosto alta la soglia dell'attenzione. Aveva scelto una zona appartata per la sosta, era sceso dall'auto con in mano la custodia nera. L'aria frizzante lo aveva costretto a socchiudere nuovamente gli occhi.

Era entrato dal retro, come d'accordo, lo aveva accolto un uomo di età avanzata, di poche parole. D'improvviso, si era reso conto di essere in ritardo sul programma. Aveva cercato di dominare un vago senso di irrequietezza che ora stava cominciando a pervaderlo, affrettandosi a recarsi nella stanza che gli era stata riservata. Non voleva fare una brutta figura con l'organizzazione. Aveva posato la custodia nera, si era sfilato il cappotto, preparandosi a entrare in scena. Aveva preso l'occorrente e, dopo aver respirato profondamente, senza pensare a nulla, si era diretto nel punto esatto in cui doveva trovarsi proprio quella sera, a quella determinata ora.

Una luce si puntò su di lui e ne rivelò la presenza. Come se non avesse potuto prevederlo, si accorse di avere addosso gli sguardi di tutti i presenti e si sentì circondato. Chiuse gli occhi, prese un respiro profondo e incominciò ad armeggiare con lo strumento.

Era il suo primo concerto di violino solo, fuori iniziava a nevicare.

GLI AUTORI

Miriam Schiavina vive in provincia di Bologna. È laureata in Lingue Straniere e ha un passato di traduttrice e insegnante. Ama scrivere, fotografare e camminare in compagnia. Ha pubblicato in autonomia un *romance* sotto pseudonimo e prima o poi terminerà la stesura del romanzo della sua vita.

Pietro Rainero, ligure, insegnante di Matematica e Fisica nei Licei, è autore prolifico, eccentrico ed ironico, le cui trame si dipanano spesso attraverso digressioni e tecnicismi scientifici, senza con questo mai perdere freschezza, mordente e sarcasmo.

Luigi Giampetraglia è nato in provincia di Napoli, e ha scelto di schierarsi fra i tutori dell'ordine della sua terra tormentata. Le sue storie riflettono il suo quotidiano sguardo sulla sofferta umanità che la popola.

Vittorio Martucci, classe 1946, è bibliotecario. Si è dedicato negli anni a studi di storia della biologia e di zoologia storica, pubblicando saggi a tema scientifico e romanzi a sfondo storico e naturalistico.

Gabriele Levantini, di Viareggio, è un chimico attratto anche dalla letteratura, e dalla promozione turistica del suo territorio. Ne consegue un naturale eclettismo nei temi affrontati nella sua scrittura, incentrata tuttavia sempre sull'approfondimento psicologico dei suoi personaggi.

Stefania Bardani vive a Parma, e ha sempre amato la fantascienza, ma non solo quella: le esplorazioni emotive, infatti, le interessano al pari di quelle intergalattiche.

Luca Giovanni Caneva fa il vigile del fuoco a Sanremo, ed è un appassionato sportivo. Il fuoco dell'invenzione, l'umana curiosità e l'esercizio dello scrivere lo appassionano in egual misura.

Nunzio Ciullo è nato in Puglia ma vive in Campania, da dove prosegue con passione i suoi studi di storia e di diritto medievale nelle stesse terre che videro la calata e le imprese dei prodi cavalieri normanni.

CARLO CRESCITELLI, *A SPASSO CON L'ANTIVIAG-GIATORE*, il Terebinto Edizioni, 2019, pp. 126, € 12,00

Avendo al suo attivo ben due diari, un canale YouTube, un blog, innumerevoli comparsate web e tutti i social che volete, L'antiviaggiatore è indiscutibilmente una piccola star della rete.

Carlo Crescitelli è invece – nonostante la sua variegata attività di autore di saggistica, narrativa e satira – assai meno popolare della sua spocchiosa e bizzosa creatura. Infatti, a dispetto delle sue curatele e in barba ai progetti di scrittura per i nuovi media audiocinetelevisivi, resta al confronto un illustre Signor Nessuno.

Dunque, tutto torna: per quale altra ragione, se non squallido e bieco opportunismo commerciale, Carlo avrebbe mai chiesto al suo riottoso alter ego letterario di collegargli la propria visibile, fulgida nomea, presentando insieme con lui a quattro mani questa raccolta di racconti brevi inediti?

Godeteveli battibeccare tra loro su ogni singola storia, contendersi la paternità di ogni riga o trama, nel mentre vi immergete poco a poco nel complesso, conflittuale, tipico rapporto di ogni scrittore con il suo personaggio preferito.

ANGELO MICHELE IMBRIANI (a cura di), *Le porte dell'orrore*, il Terebinto Edizioni, 2019, pp. 100, € 12,00

Gli autori dei cinque racconti di questa antologia selezionati nel concorso "Riscontri letterari 2018", mostrano tutti di padroneggiare molto bene il genere horror, tanto popolare quanto insidioso, evitandone i rischi. Si tratta infatti di narrazioni che sono costruite intorno ad alcuni elementi fondamentali e tipici di questa letteratura – ad esempio il finale inquietantemente "aperto" a possibilità spaventose ed indefinite – ma che nello stesso tempo non cadono mai nel banale e nella maniera. Ciascuno degli autori, infatti, reinterpreta il genere in maniera originale e personale. Si tratta quindi di cinque diverse variazioni sul tema, tutte ben congegnate, tutte pregevoli, tutte avvincenti.

CARLO CRESCITELLI (a cura di), *TECNOINGANNI. Storie brevi da un problematico futuro*, Il Terebinto Edizioni, Avellino, 2019, pp. 122, € 12,00

Tutti i racconti di questa antologia sono collegati da un filo rosso di finzioni, illusioni, dissimulazioni. Di inganni, naturalmente, tecnologici: tecnoinganni, quindi.
Proprio come quelli indotti da cuccioli truccati, bombe nucleari artigianali, guerre pulite, ping-pong di viaggi nel tempo, coraggiosi uomini insetto, apocalissi dissimulate, avventure da cartone animato tra confini dell'universo e pianura padana, gatti nascostamente telepatici.

DARIO RIVAROSSA (a cura di), *L'altro fantasy. Senza draghi né spade*, il Terebinto Edizioni, 2019, pp. 102, € 12,00

Scaturita dal concorso "Riscontri letterari", la raccolta L'altro fantasy – nonostante l'attuale dilagare del genere fantasy in letteratura, illustrazione, cinema, televisione, videogiochi – è molto lontana dai luoghi comuni fatti di fate, maghi, elfi, orchi, draghi e quant'altro. Infatti, il tono generale dei racconti presenti nell'antologia rimane quasi sempre quello tra l'onirico e il surreale

In contrapposizione a un'estetica fantasy (e fantascientifica) sempre più imbottita di effetti speciali perfetti e roboanti, qui domina il silenzio. Un silenzio tra il poetico e l'inquietante, tutto da leggere tra le righe.

EMILIA DENTE (a cura di), *Mille Rosse Parole*, Il Terebinto Edizioni, Avellino, 2019, pp. 100, € 12,00

Cinque autori – selezionati nel concorso Riscontri letterari 2019 – raccontano il sentimento amoroso e le tante sue sfumature.
Affetto, eros e passione si fondono in un delicato impasto narrativo che sa di luce e di poesia illuminando, nel sentiero rosso delle parole, le profondità ombrose del cuore.

CARLO CRESCITELLI (a cura di), *Una risata vi cambierà: 10 ottime occasioni per divertirsi e pensare*, Il Terebinto Edizioni, Avellino, 2019, pp. 123, € 12,00

Ridere è una faccenda seria. Terribilmente seria. Perché ci costringe ogni volta a fare i conti con troppe delle nostre aspirazioni e desideri: con il divario fra come siamo e come invece vorremmo o avremmo voluto essere. Attraverso il sarcasmo su chi ci appare più debole di noi, proiettiamo terapeuticamente molti dei nostri dubbi ed insicurezze, rafforzando in tal modo la nostra autostima e il nostro senso di identità: meno male che io non sono così, ci diciamo in parole povere, e il nostro ego se ne avvantaggia. Anche se questo magari succede dopo di essere andati incontro, con pena e travaglio, proprio a quelle stesse disavventure che oggi consideriamo comiche, ma che forse ieri ci hanno visti involontari e per niente divertiti protagonisti. Non lo confesseremo mai a nessuno, ma il più delle volte in fondo è di noi stessi che ridiamo: di quegli infelici, imbranati noi stessi che un tempo eravamo, e oggi fortunatamente non siamo più. Che è poi la vera e nascosta missione dell'umorismo: cambiarci in meglio senza con questo toglierci la soddisfazione di restare nel frattempo rilassati ed allegri.